華麗なる探偵アリス&ペンギン

アラビアン・デート

南房秀久／著
あるや／イラスト

JN224093

★小学館ジュニア文庫★

CONTENTS

もくじ

アリス&ペンギン

華麗《かれい》なる探偵《たんてい》

The excellent detectives

Alice and Penguin

アラビアン・デート

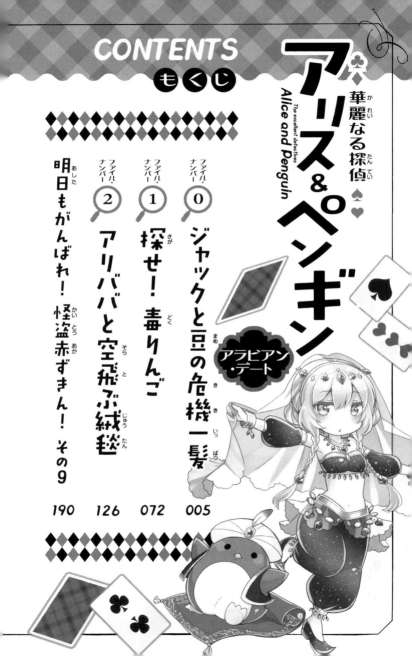

CHARACTERS

とうじょう人物《じんぶつ》

夕星《ゆうずつ》アリス

中学《ちゅうがく》2年生《ねんせい》の女《おんな》の子《こ》。
お父《とう》さんの都合《つごう》で
ペンギンと同居《どうきょ》することに。
指輪《ゆびわ》の力《ちから》で鏡《かがみ》の国《くに》に入《はい》ると、
探偵助手《たんていじょしゅ》「アリス・リドル」に!

P《ピー》・P《ピー》・ジュニア

空中庭園《くうちゅうていえん》にある【ペンギン探偵社《たんていしゃ》】の探偵《たんてい》。
言葉《ことば》も話《はな》せるし、料理《りょうり》も得意《とくい》だぞ。

響《ひびき》 琉《る》生《い》

アリスのクラスメイトであり、
TV《テレビ》にも出演《しゅつえん》する
少年名探偵《しょうねんめいたんてい》シュヴァリエ。
アリス・リドルの
正体《しょうたい》に気《き》づいていない。

怪盗《かいとう》 赤《あか》ずきん

変装《へんそう》が得意《とくい》な怪盗《かいとう》。
可愛《かわい》い洋服《ようふく》が大好《だいす》き。
ジュニアには
いつも負《ま》けている。
相棒《あいぼう》はオオカミ!

赤《あか》妃《ひ》リリカ

アリスのクラスメイト。
超絶《ちょうぜつ》セレブで
ハ〜リウッド・スターなので、
学校《がっこう》を休《やす》みがち。響琉生《ひびきるい》のことが大好《だいす》き。

汐《しお》凪《なぎ》茉《ま》莉《り》音《ね》

正体《しょうたい》を隠《かく》しているけど、
実《じつ》は人魚《にんぎょ》で高校生《こうこうせい》。
ジェイに運命《うんめい》を感《かん》じている。

グリム兄弟《ブラザーズ》

兄《あに》ジェイコブ・グリムと
弟《おとうと》ウィルヘルム・グリムの
天才犯罪《てんさいはんざい》コンサルタント。

ファイル・ナンバー0

ジャックと豆《まめ》の危機《きき》一髪《いっぱつ》

スカッ！
伸《の》ばした手《て》が見事《みごと》に宙《ちゅう》をつかみ、荷物《にもつ》を取《と》りそこなった。
「……あうう」
ベルトの上《うえ》を流《なが》れる荷物《にもつ》を取《と》ることに失敗《しっぱい》するのは、これで5回目《かいめ》である。
（ま、またしても）
と、肩《かた》を落《お》とすこの女《おんな》の子《こ》の名前《なまえ》は、夕星《ゆうずつ》アリス。
目立《めだ》つことがちょっと苦手《にがて》な、ごくふつうの中学《ちゅうがく》2年生《ねんせい》だ。
ふつうといっても、それは――。

①『ペンギン探偵社《たんていしゃ》』の探偵見習《たんていみなら》いをしている。

②不思議《ふしぎ》なことばかり起《お》こる鏡《かがみ》の国《くに》に行《い》って、もうひとりのアリス――名探偵《めいたんてい》アリス・リドル――に変身《へんしん》できる。

――という点《てん》を別《べつ》にすればの話《はなし》だけれど。

（さすがにそろそろ荷物《にもつ》を取《と》れないと、人間《にんげん》として問題《もんだい》のような気《き》が……）

ここは空港《くうこう》の到着《とうちゃく》ゲート近《ちか》くにある、荷物受《にもつう》け取《と》りのターンテーブル（カルーセル）の前《まえ》。

ターンテーブルというのは、飛行機《ひこうき》に乗《の》る時《とき》に預《あず》けた荷物《にもつ》が出《で》てきて、グルグル回《まわ》るアレのことだ。

アリスだって、自分《じぶん》がちょっとばかり（？）ノンビリしていることは知《し》っているから、いつもは荷物《にもつ》を機内《きない》に持《も》ち込《こ》むことにしている。でも、今回《こんかい》はお土産《みやげ》を買《か》い込《こ》んで荷物《にもつ》が増《ふ》えたので、仕方《しかた》なくバッグを預《あず》けていたのである。

（つ、次《つぎ》こそは）

去《さ》ってゆくバッグを見送《みおく》りながら、アリスは心《こころ》に誓《ちか》う。

と、そこに。

「アリス、まだですか〜？」

旅行《りょこう》カバンをガラガラと引《ひ》きながら、丸《まる》っこいアデリーペンギンがやってきてアリスに尋《たず》ねた。

このペンギンこそが、P《ピー》・P《ピー》・ジュニア。

『ペンギン探偵社《たんていしゃ》』日本支部《にっぽんしぶ》の支部長《しぶちょう》だ。

そしてアリスとP《ピー》・P《ピー》・ジュニアは、ついさっき、探偵社《たんていしゃ》の研修《けんしゅう》で行《い》っていたロンドンから帰《かえ》ったばかりなのである。

「しょ〜はもう荷物《にもつ》を？」

P《ピー》・P《ピー》・ジュニアの旅行《りょこう》カバンは、本人《ほんにん》（本鳥《ほんちょう》？）の体《からだ》の2倍《ばい》ほどの大《おお》きさ。

どうやって取《と》ったのか、アリスは不思議《ふしぎ》でならない。

「近《ちか》くの人《ひと》に頼《たの》みました。簡単《エレメンタリー》なことですよ〜」

P《ピー》・P《ピー》・ジュニアは肩《かた》を――ないけど――すくめる。

「その手《て》があったとは……」

と、話《はな》している間《あいだ》に、またアリスの荷物《にもつ》が回《まわ》ってきた。

(これで取《と》れないと……かなり落《お》ち込《こ》む)

アリスは身構《みがま》える。

だが──。

「はい、どうぞ」

通《とお》りかかったフライトアテンダントのお姉《ねえ》さんが、見《み》かねて荷物《にもつ》を取《と》ってくれた。

(結局《けっきょく》……取《と》れずじまいで……落《お》ち込《こ》む)

アリスは何度《なんど》もお姉《ねえ》さんに頭《あたま》を下《さ》げてから、到着《とうちゃく》ゲート出口《でぐち》へと向《む》かった。

すると。

「響《ひびき》……君《くん》?」

アリスはそこで思《おも》いがけない人物《じんぶつ》を発見《はっけん》した。

クラスメートの響琉生《ひびきるい》だ。

「どうしてここ──」

「うにゅっ! 探偵《たんてい》シュヴァリエ、何《なん》であなたが空港《くうこう》にいるんです!?」

アリスが尋《たず》ねる前《まえ》に、Ｐ《ピー》・Ｐ《ピー》・ジュニアが琉生《るい》の前《まえ》に出《で》た。

探偵《たんてい》シュヴァリエというのは、ＴＶ《テレビ》の人気推理《にんきすいり》バラエティ『ミステリー・プリンス』に登場《とうじょう》する時《とき》に琉生《るい》が使《つか》う別名《べつめい》なのだ。

「今日《きょう》、ロンドンから帰《かえ》るって聞《き》いていたから、みんなで迎《むか》えに来《き》たんだよ。まあ、今日《きょう》は番組《ばんぐみ》の収録《しゅうろく》もなかったからね」

琉生《るい》は笑顔《えがお》で説明《せつめい》した。

「……みんな？」

アリスは琉生《るい》のすぐ後《うし》ろに、クラスメートの白兎《しらと》計太《けいた》と赤妃《あかひ》リリカの姿《すがた》があることに気《き》がつく。

「ロンドンでの活躍《かつやく》、ネットのニュースで見《み》ましたよ」

計太《けいた》はタブレット端末《たんまつ》で英語《えいご》のニュースの画面《がめん》を見《み》せてくれた。

「赤妃《あかひ》さんも迎《むか》えに？」

リリカは大企業《だいきぎょう》「赤妃《あかひ》グループ」の会長《かいちょう》のひとり娘《むすめ》であり、その上《うえ》ハリウッドの映画《えいが》スター。

下手《へた》をすると琉生《るい》よりも忙《いそが》しいはずのリリカまでが来《き》てくれたことに、アリスは驚《おどろ》く。

「P様《ピーさま》のためなら当然《とうぜん》ですわ！　まあ、庶民《しょみん》アリスの方《ほう》はついでですけど！」

高笑《たかわら》いしたリリカは、いつもP《ピー》・P《ピー》・ジュニアのことを尊敬《そんけい》と愛情《あいじょう》を込《こ》めてP様《ピーさま》と呼《よ》び、アリスのことは庶民《しょみん》アリスと呼《よ》んでいる。

「ついでも、おそれ多《おお》いです」

と、アリスはペコリと頭《あたま》を下《さ》げる。

「恐縮《きょうしゅく》することはありませんですぞ、アリス様《さま》。お嬢様《じょうさま》はあなた様《さま》のお帰《かえ》りを、それはそれは楽《たの》しみに待《ま》っておられましたので」

アリスに微笑《ほほえ》みかけたのは、赤妃家《あかひけ》で執事《しつじ》を務《つと》める神崎《かんざき》である。

「神崎《かんざき》、よけいなことを〜っ！」

リリカは目《め》をつり上《あ》げた。

と、その時《とき》。

「じゃ〜ん！　あたしもいるよ〜！」

オオカミを連《つ》れ、赤《あか》いフードをかぶった女《おんな》の子《こ》が駆《か》け寄《よ》ってきて、P《ピー》・P《ピー》・ジュニアに抱《だ》きついた。

自称《じしょう》、P《ピー》・P《ピー》・ジュニアの永遠《えいえん》のライバル、美少女《びしょうじょ》（これも自称《じしょう》）怪盗赤《かいとうあか》ずきんである。

「ね、ね、ね、ね、ね、ね、ね、お土産《みやげ》は？　お土産《みやげ》は〜？」

赤《あか》ずきんは瞳《ひとみ》を輝《かがや》かせる。

「やれやれですね」

P《ピー》・P《ピー》・ジュニアは、きれいにラッピングされたお土産《みやげ》をカバンから出《だ》すと、赤《あか》ずきんに渡《わた》した。

「はい、どうぞ」

「わ〜い！　ありがと、ペンちゃん！　ちゃんと忘《わす》れずに買《か》ってきてくれたんだ〜」

「忘《わす》れたくても、忘《わす》れられませんよ！　あなた、3時間《じかん》おきに私《わたし》のスマートフォンにメッセージ送《おく》ってきてたじゃないですか!?　お土産《みやげ》よろしく〜って！」

P《ピー》・P《ピー》・ジュニアは頬《ほ》っぺたをピクピクさせる。

「だったっけ？」

「……ほっっっんと、すまねえ」

赤《あか》ずきんの隣《となり》で相棒《あいぼう》のオオカミがため息《いき》をつきつつ、頭《あたま》を下《さ》げた。

「わくわくわく〜っ！」

赤《あか》ずきんはその場《ば》で包《つつ》みを破《やぶ》く。

「わ、わ、わ、わ、わっ！　何《なに》これ！　すってき〜っ！」

2階建《かいだ》てバスの形《かたち》の箱《はこ》に入《はい》った、お菓子《かし》の詰《つ》め合《あ》わせである。

「……売店《ばいてん》でてきと〜に買《か》ったお菓子《かし》であんなに喜《よろこ》ばれると、ちょっと罪悪感《ざいあくかん》を覚《おぼ》えますね〜」

P《ピー》・P《ピー》・ジュニアはアリスにささやいた。

「同感《どうかん》です」

アリスは頷《うなず》き返《かえ》して続《つづ》ける。

「せっかくだから、みなさんにも」

「うにゅ、そうしましょうか？」

P《ピー》・P《ピー》・ジュニアとアリスは、琉生《るい》たちにもこの場《ば》でお土産《みやげ》を渡《わた》すことにした。

琉生《るい》には、英語版《えいごばん》のシャーロック・ホームズ全集《ぜんしゅう》。

計太《けいた》には、大英博物館《だいえいはくぶつかん》で買《か》った恐竜《きょうりゅう》の置物《おきもの》。

リリカには、イギリス国旗《こっき》っぽいデザインのスカーフである。

「この趣味《しゅみ》の良《よ》さ。選《えら》んだのはあなたではないでしょう、庶民《しょみん》アリス？」

リリカはスカーフを首《くび》に巻《ま》きながら、アリスに疑《うたが》いの目《め》を向《む》けた。

「……黙秘《もくひ》します」

当《あ》たりである。

選《えら》んでくれたのは、向《む》こうで知《し》り合《あ》った名探偵《めいたんてい》のシャーリー・ホームズだ。

ちなみに、アリスが自分《じぶん》で選《えら》んだお土産《みやげ》は——。

リリカには、縦横《たてよこ》1メートルずつはあろうかという時計塔形《ビッグ・ベンがた》のオルゴール。

計太《けいた》には、何年《なんねん》か前《まえ》に大《おお》コケし、今《いま》では誰《だれ》も覚《おぼ》えていないようなホラー映画《えいが》のDVD《ディーブイディー》。

琉生《るい》には、背中《せなか》に「ろんどん名物《めいぶつ》」と日本語《にほんご》で書《か》かれた怪《あや》しげなデニムのジャケット。

赤《あか》ずきんには、もはやロンドンとは何《なん》の関係《かんけい》もないピエロのゴムマスク。

それがみんな、シャーリーに却下《きゃっか》されたのである。

「ペンちゃん、このお礼《れい》はきっとするからね〜っ！」

赤《あか》ずきんはもう一度《いちど》、P《ピー》・P《ピー》・ジュニアを抱《だ》き上《あ》げると頬《ほお》ずりした。

「では、みなさま、こちらへ」

執事《しつじ》の神崎《かんざき》が、みんなを空港《くうこう》の駐車場《ちゅうしゃじょう》へと案内《あんない》する。

「さあ、明日《あした》からあなたは学校《がっこう》ですよ～」

車《くるま》に乗《の》り込《こ》みながら、P《ピー》・P《ピー》・ジュニアはアリスに告《つ》げた。

「学校《がっこう》に行《い》くのは7日後《かご》ぐらいに――」

「なりません」

「あうう」

人生《じんせい》はきびしかった。


さて、それから数日後《すうじつご》。

アリスとP《ピー》・P《ピー》・ジュニアは赤《あか》ずきんに呼《よ》び出《だ》され、森之奥高校《もりのおくこうこう》までやってきていた。

白瀬駅前《しらせえきまえ》のターミナルから市役所《しやくしょ》・赤妃《あかひ》ふれあい広場方面行《ひろばほうめんい》きのバスに乗《の》って3つ目《め》が、

「県立森之奥高等学校前《けんりつもりのおくこうとうがっこうまえ》」のバス停《てい》だ。

バスを降《お》りてすぐの正門《せいもん》には、『FOREST《フォレスト》 FESTIVAL《フェスティバル》』とカラフルな文字《もじ》で書《か》かれたアーチが作《つく》られている。

森之奥高校《もりのおくこうこう》の学園祭《がくえんさい》だから、森《もり》の祭《まつり》（フォレストフェスティバル）ということらしい。

「……で、お土産《みやげ》のお礼《れい》がこれですか？」

P《ピー》・P《ピー》・ジュニアは、正門前《せいもんまえ》で待《ま》ち合《あ》わせていた赤《あか》ずきんに冷《つめ》たい視線《しせん》を向《む》けた。

「そう！　うちの学校《がっこう》、森之奥高校《もりのおくこうこう》の学園祭《がくえんさい》へのご招待《しょうたい》〜っ！　ほら、たまにはペンちゃんも事件《じけん》のことを考《かんが》えずに息抜《いきぬ》きしないとさ〜」

赤《あか》ずきん――今日《きょう》はずきんをかぶらずに制服《せいふく》を着《き》ている――は、ウインクを返《かえ》す。

「ずいぶんと安上《やすあ》がりですね〜」

と、P《ピー》・P《ピー》・ジュニア。

「でも、高校《こうこう》の学園祭《がくえんさい》は初《はじ》めてなので」

アリスはちょっとワクワクしている。

アリスの通《かよ》う氷山中学《ひょうざんちゅうがく》にも文化祭《ぶんかさい》はあるが、まだ何《なん》ヶ月《げつ》か先《さき》のことなのだ。

「ほんっと、すまねえ。いや、俺《おれ》は止《と》めたんだけどよ」

赤《あか》ずきんの隣《となり》で、オオカミが身《み》を縮《ちぢ》ませて頭《あたま》を下《さ》げる。

「じゃ、まずこっちこっち！」

赤《あか》ずきんはＰ《ピー》・Ｐ《ピー》・ジュニアを抱《だ》きかかえると、校舎《こうしゃ》に入《はい》っていった。

(何《なに》があるのでしょう？)

アリスはあとに続《つづ》きながら、入《い》り口《ぐち》でもらったパンフレットを開《ひら》いてみる。

それを見《み》ると——。

校庭《こうてい》では、音楽部《おんがくぶ》によるライブ演奏《えんそう》や、ミス森之奥《もりのおく》コンテスト。

体育館《たいいくかん》では演劇部《えんげきぶ》の創作劇《そうさくげき》や、ダンス部《ぶ》の発表会《はっぴょうかい》など。

——が開《ひら》かれるようだ。

クラスごとの出《だ》し物《もの》としては、喫茶店《きっさてん》や占《うらな》いの館《やかた》、お化《ば》け屋敷《やしき》などがあるらしい。

というか、みんな出《だ》し物《もの》を考《かんが》えるのは面倒《めんどう》くさかったのだろう。出《だ》し物《もの》の半分《はんぶん》以上《いじょう》がお化《ば》け屋敷《やしき》だ。

(……なんとホラーな学校《がっこう》)

絶句《ぜっく》したアリスが、パンフレットを閉《と》じたその時《とき》。

「あらあら、あなたもいらっしゃっていたの、庶民《しょみん》アリス？」

聞《き》き覚《おぼ》えのある声《こえ》が、背中《せなか》の方《ほう》から聞《き》こえてきた。

「赤妃《あかひ》さん？」

振《ふ》り返《かえ》ってみると、そこに立《た》っていたのはいつもよりもさらに派手《はで》な格好《かっこう》をしたリリカだった。

「この学校《がっこう》の映画研究会《えいがけんきゅうかい》が、この私《わたし》、赤妃《あかひ》リリカの名画特集《めいがとくしゅう》をするというので、お忍《しの》びで来《き》ましたの。マスコミに騒《さわ》がれるのは嫌《いや》ですから、内密《ないみつ》に願《ねが》いますわよ」

リリカはちょっとだけ声《こえ》を小《ちい》さくして、アリスに釘《くぎ》を刺《さ》す。

「……お、お忍《しの》び？」

お忍《しの》びの割《わり》には、リリカは目立《めだ》ちまくっていた。

とてつもなく派手《はで》なドレスに、ギンギラのサングラスと羽扇《うせん》。

まわりの高校生《こうこうせい》たちは、もうとっくにリリカに気《き》がついていて、スマートフォンで写真《しゃしん》を撮《と》りまくっている。

「ま、あなたのような地味《じみ》〜な方《かた》が一緒《いっしょ》なら、この私《わたし》のゴ〜ジャスな存在感《そんざいかん》を消《け》せるかも知《し》れませんわね。ついてきなさい」

「へ？」

リリカは勝手《かって》にアリスの腕《うで》を取《と》ると、映画研究会《えいがけんきゅうかい》が上映会《じょうえいかい》を開《ひら》いている教室《きょうしつ》へと向《む》かいかける。

（このままでは、ししょ〜とはぐれて——）

アリスはあたりを見渡《みわた》すが、P《ピー》・P《ピー》・ジュニアと赤《あか》ずきんの姿《すがた》はもう近《ちか》くにはない。

と、そこに。

「あれ〜っ！　アリスとリリカじゃん！」

背《せ》の高《たか》いショートカットの女《おんな》の子《こ》が、手《て》を振《ふ》りながら駆《か》け寄《よ》ってきた。

「珍《めずら》しいところで、またも珍《めずら》しい方《かた》に？」

アリスはその女《おんな》の子《こ》を見《み》て、ちょっと驚《おどろ》く。

飛《と》びついてきたその子《こ》が、同《おな》じクラス、氷山中学《ひょうざんちゅうがく》2年《ねん》C《シー》組《ぐみ》の碇山憩《いかりやまいこい》だったからだ。

「碇山《いかりやま》さん！　私《わたし》、呼《よ》び捨《す》てにされるほどあなたと親《した》しいつもりはありませんことよ！」

リリカの声《こえ》が1オクターブほど甲高《かんだか》くなった。

「またまた〜、ボクら、ずっと同《おな》じクラスじゃん」

憩《いこい》はニッと笑《わら》い、ひじでリリカを突《つ》っついた。

アリスはどちらかというと、リリカとは仲《なか》がいいつもりである。

でも、とてもではないが、あんなことは恐《おそ》ろしくてできはしない。

「あの、碇山《いかりやま》さんも学園祭《がくえんさい》に？」

リリカが怒《いか》りを爆発《ばくはつ》させる前《まえ》にと、アリスは尋《たず》ねる。

「うん！　うちのお兄《にい》ちゃんが、この学校《がっこう》の生徒《せいと》でさ」

どうやら憩《いこい》は、兄《あに》のところに向《む》かう途中《とちゅう》だったようだ。

「お兄《にい》さん？」

リリカは首《くび》を傾《かし》げる。

「うん、ジャック兄《にい》ちゃん」

「憩《いこい》さんのお兄《にい》さんが、ジャックさん？」

アリスはちょっと変《か》わっているなと思《おも》って尋《たず》ねた。

「そう。うちの母《かあ》さん、アメリカ人《じん》なんだよね」

「国際結婚《こくさいけっこん》で？」

だとすれば、アリスのところと同《おな》じである。

アリスのパパは日本人《にほんじん》だが、ママはイギリス人《じん》なのだ。

「そうそう、父《とう》さんとは国際結婚《こくさいけっこん》。お兄《にい》ちゃんの名前《なまえ》はあっちのおじいちゃんから取《と》ったから、ボクの名前《なまえ》は日本《にっぽん》っぽくしようって決《き》めたんだって」

憩《いこい》は白《しろ》い歯《は》を見《み》せて笑《わら》うと、ふたりの手《て》を取《と》った。

「ねえ、ボクさ、これからお兄《にい》ちゃんのところに行《い》くんだけど、一緒《いっしょ》に行《い》かない？　お兄《にい》ちゃん、すごい優秀《ゆうしゅう》で、お兄《にい》ちゃんのためだけに研究所《けんきゅうじょ》を作《つく》ってもらってるんだ」

「ちょ、ちょっとお待《ま》ちなさい！　私《わたし》たちはこれから映画研究会《えいがけんきゅうかい》の上映会《じょうえいかい》に――」

リリカは憩《いこい》から逃《に》げようとするが、憩《いこい》はガッチリと腕《うで》を握《にぎ》っていて放《はな》そうとはしない。

「いいからいいから。あ、研究所《けんきゅうじょ》は校舎《こうしゃ》から離《はな》れたとこにあるんだよ」

「あなたは人《ひと》の話《はなし》をお聞《き》きなさ～い！」

こうして。

アリスたちは、研究所《けんきゅうじょ》とやらに連《つ》れていかれることになったのである。

さて、その頃《ころ》。

「アリス～！　どこです～⁉」

「ちょっと～、中学生《ちゅうがくせい》にもなって迷子《まいご》なんてやめてよね」

P《ピー》・P《ピー》・ジュニアと赤《あか》ずきんは、ようやくアリスがはぐれたことに気《き》がつき、捜《さが》し回《まわ》っていた。

ただし。

「あ～っ、ペンちゃん！　紅《べに》ショウガがたくさんのっかったの取《と》ったあっ！」

「早《はや》いもの勝《が》ちです」

ついさっき、校庭《こうてい》の出店《でみせ》で買《か》った、アツアツのタコ焼《や》きをパクつきながらの話《はなし》である。

「なあ、アリス嬢《じょう》ちゃんを捜《さが》すのはいいけどよ。お前《まえ》ら、ちいとばかし真剣《しんけん》さが足《た》らねえんじゃねえか？」

オオカミがため息《いき》をつく。

「何《なに》を言《い》うんです！　私《わたし》は心《こころ》の底《そこ》からアリスを心配《しんぱい》してますよ～っ！」

Ｐ《ピー》・Ｐ《ピー》・ジュニアがオオカミに抗議《こうぎ》した。

「ペンちゃん、クチバシのまわりソースだらけにして言《い》っても説得力《せっとくりょく》ない」

と、赤《あか》ずきん。

「そっちこそ！　鼻《はな》の頭《あたま》にマヨネーズがついてますよ！」

「え～、うっそ⁉」

「……こりゃ、俺《おれ》が捜《さが》すしかねえな」

オオカミは１羽《わ》とひとりを放《ほう》っておいて、アリスの匂《にお》いをたどることにした。


「あった！　あれだよ、あれ！」

憩《いこい》が指《ゆび》さしたのは校庭《こうてい》の片隅《かたすみ》にある、丈夫《じょうぶ》そうなコンクリートの建物《たてもの》だった。

なるほど、「森之奥生物工学研究所《もりのおくせいぶつこうがくけんきゅうじょ》」という立派《りっぱ》な看板《かんばん》が、分厚《ぶあつ》い金属製《きんぞくせい》の扉《とびら》のそばにかけられている。

「ここがうちのお兄《にい》ちゃんが所属《しょぞく》する、生物部《せいぶつぶ》の研究所《けんきゅうじょ》」

憩《いこい》はアリスたちに説明《せつめい》し、インターフォンを押《お》す。

「お兄《にい》ちゃ〜ん、ボクだよ！」

『……やあ、来《き》たんだね。今開《いまあ》けるよ』

インターフォン越《ご》しに声《こえ》が聞《き》こえ、扉《とびら》の奥《おく》の方《ほう》でガチャッとロックの外《はず》れる音《おと》がした。

扉《とびら》が自動的《じどうてき》に開《ひら》くと、その奥《おく》にもまた扉《とびら》があった。

少《すこ》ししてから第《だい》2の扉《とびら》が開《ひら》き、アリスたちはやっと中《なか》に入《はい》ることができた。

（もしや、何《なに》か怪《あや》しい研究《けんきゅう》でもしているのでは？）

あまりに厳重《げんじゅう》なので、アリスは不安《ふあん》になってくる。

「えっと？　憩《いこい》のお友《とも》だちかな？」

出迎《でむか》えたのは、白衣《はくい》を着《き》た赤《あか》い髪《かみ》の男子《だんし》である。

「そうだよ、お兄《にい》ちゃん。こっちがアリスで、こっちがリリカ」

憩《いこい》は紹介《しょうかい》した。

「……どうもです」

「だから！　呼《よ》び捨《す》てはおやめなさい！　ほんっっと馴《な》れ馴《な》れしいですこと！」

アリスはペコッとお辞儀《じぎ》をしたが、リリカはそっぽを向《む》く。

「で、これがボクのお兄《にい》ちゃんのジャック。生物部《せいぶつぶ》で、えっと、植物《しょくぶつ》のD《ディー》……V《ブイ》D《ディー》だっけ？　その研究《けんきゅう》をしてるんだ」

憩《いこい》は頭《あたま》をかきながら説明《せつめい》する。

「D《ディー》V《ブイ》D《ディー》で植物《しょくぶつ》を見《み》るんですの？」

リリカがけげんな顔《かお》をした。

「あれ、違《ちが》ったかな？　D《ディー》H《エイチ》A《エー》？　ボク、難《むずか》しい話《はなし》って苦手《にがて》だから」

憩《いこい》は助《たす》けを求《もと》めるような目《め》をジャックに向《む》けた。

「D《ディー》H《エイチ》A《エー》じゃなくてD《ディー》N《エヌ》A《エー》だよ。D《ディー》H《エイチ》A《エー》はドコサヘキサエン酸《さん》のこと。記憶力《きおくりょく》の改善《かいぜん》には役《やく》に立《た》つ物質《ぶっしつ》だけど、僕《ぼく》の研究対象《けんきゅうたいしょう》じゃない」

ジャックは肩《かた》をすくめ、アリスたちを案内《あんない》する。

研究所《けんきゅうじょ》の中《なか》には、大《おお》きな机《つくえ》やガラスケース、それにアリスの知《し》らない機械《きかい》や器具《きぐ》が並《なら》んでいた。ガラスケースには植物《しょくぶつ》が入《はい》っていて、今《いま》まで目《め》にしたことがないような珍《めずら》しいものばかりだ。

「僕《ぼく》がここでやっているのは、専門的《せんもんてき》には『遺伝子導入《いでんしどうにゅう》』といって、ある植物《しょくぶつ》に別《べつ》の植物《しょくぶつ》のDNA《ディーエヌエー》を組《く》み込《こ》んで、今《いま》までとは違《ちが》った性質《せいしつ》を持《も》たせる研究《けんきゅう》だよ」

ジャックは歩《ある》きながら解説《かいせつ》する。

「？？？？？？？？？」

話《はなし》の内容《ないよう》がさっぱり分《わ》からず、アリスの頭《あたま》の中《なか》は？マーク《はてな》でいっぱいになった。

すると——。

「要《よう》するに〜、みんなの役《やく》に立《た》つ植物《しょくぶつ》を作《つく》ろうとしてるんだよね。すごいんだよ、ジャック君《くん》の研究《けんきゅう》は世界的《せかいてき》にも認《みと》められてて、学校《がっこう》が専用《せんよう》の研究所《けんきゅうじょ》を作《つく》ったくらいなんだから」

ピンクの髪《かみ》の女《おんな》の子《こ》が現《あらわ》れ、説明《せつめい》しながらジャックに微笑《ほほえ》みかけた。

「……え？」

「あ〜！」

アリスと女《おんな》の子《こ》はほとんど同時《どうじ》に、お互《たが》いのことに気《き》がついた。

「アリスちゃんだ〜っ！」

女《おんな》の子《こ》はアリスに抱《だ》きついた。

「茉莉音《マリネ》さん、高校生《こうこうせい》だったので？」

アリスがそう尋《たず》ねた相手《あいて》は、汐凪茉莉音《しおなぎマリネ》。

正体《しょうたい》を隠《かく》しているが、実《じつ》は人魚《にんぎょ》である。

アリスは以前《いぜん》、最大《さいだい》のライバル、グリム・ブラザーズに狙《ねら》われた茉莉音《マリネ》を助《たす》けたことがあるのだ。

「いや〜、勉強《べんきょう》しないと、大人《おとな》になってから困《こま》るかな〜って思《おも》って」

茉莉音《マリネ》は照《て》れくさそうに笑《わら》った。

「また会《あ》えてうれしいです」

と、アリス。

「君《きみ》、汐凪《しおなぎ》さんの知《し》り合《あ》いだったんだ？　彼女《かのじょ》、生物部《せいぶつぶ》の新人部員《しんじんぶいん》なんだよ」

ジャックはアリスと茉莉音《マリネ》を見比《みくら》べ、少《すこ》し驚《おどろ》いたような顔《かお》を見《み》せる。

「けっこ〜う広《ひろ》い研究所《けんきゅうじょ》ですけど、生物部《せいぶつぶ》の部員《ぶいん》ってふたりだけですの？」

あたりを見渡《みわた》し、リリカが聞《き》いた。

「もうひとりいるよ。あと顧問《こもん》の先生《せんせい》も——」

と、ジャックが答《こた》えたその時《とき》。

『誰《だれ》かいますか～？』

インターフォンから声《こえ》がした。

「…………もしや、ししょ～で？」

はぐれたことをすっかり忘《わす》れていたが、P《ピー》・P《ピー》・ジュニアの声《こえ》である。

「P様《ピーさま》？」

リリカは目《め》を丸《まる》くしてアリスを振《ふ》り返《かえ》る。

「庶民《しょみん》！　P様《ピーさま》が一緒《いっしょ》なら、最初《さいしょ》にそうおっしゃいなさい！」

「言《い》うタイミングが……なかったもので」

「今日《きょう》はお客様《きゃくさま》が多《おお》いね」

ジャックは苦笑《くしょう》しながら、また扉《とびら》を開《あ》ける。

入《はい》ってきたのは、P《ピー》・P《ピー》・ジュニアと赤《あか》ずきん、それにオオカミだ。

「お、茉莉音《マリネ》！」

「レッドちゃ～ん！」

赤《あか》ずきんと茉莉音《マリネ》はパチンと手《て》を打《う》ち合《あ》わせた。

どうやら赤《あか》ずきんは、高校《こうこう》ではレッドと呼《よ》ばれているらしい。

「おふたりは、お知《し》り合《あ》いだったので？」

アリスは尋《たず》ねる。

「うん、クラスメート」

赤《あか》ずきんが答《こた》えた。

一方《いっぽう》。

「……ほう？」

P《ピー》・P《ピー》・ジュニアは研究所内《けんきゅうじょない》をざっと観察《かんさつ》すると、ジャックに尋《たず》ねていた。

「ここで研究《けんきゅう》しているのは、遺伝子《いでんし》組《く》み換《か》え植物《しょくぶつ》ですね。安全《あんぜん》なんですか？」

「うん、僕《ぼく》は安全《あんぜん》な植物《しょくぶつ》しか研究《けんきゅう》してないよ」

と、ジャックが頷《うなず》いたその時《とき》。

「でも、危険《きけん》な植物《しょくぶつ》を作《つく》ることだって可能《かのう》だ。君《きみ》の才能《さいのう》ならね」

奥《おく》の部屋《へや》から、またも人影《ひとかげ》が現《あらわ》れた。

「あ、先生《せんせい》」

ジャックがそちらの方《ほう》を振《ふ》り返《かえ》る。

「?」

アリスもつられてそちらの方《ほう》を見《み》ると、そこには——。

「やあ、かわいいお嬢《じょう》さんたち」

「……おいおい、なんでこいつらが?」

人《ひと》なつっこい笑顔《えがお》で手《て》を振《ふ》るスーツ姿《すがた》の青年《せいねん》と、顔《かお》をしかめた制服姿《せいふくすがた》の少年《しょうねん》がいた。

「グリム・ブラザーズ?」

アリスは自分《じぶん》の目《め》を疑《うたが》った。

現《あらわ》れたふたりは、またまたよく知《し》っている人《ひと》たち。

それも、グリム・ブラザーズだったからだ。

(赤妃《あかひ》さんに、碇山《いかりやま》さんに、茉莉音《マリネ》さん。今日《きょう》はずいぶんと知《し》り合《あ》いに会《あ》う日《ひ》だなあと思《おも》っていましたが……)

このふたりとも会《あ》うことになろうとは、さすがに予想外《よそうがい》である。

「ジェ、ジェ、ジェ、ジェイ・グリムに！」

P《ピー》・P《ピー》・ジュニアは震《ふる》えるヒレでスーツ姿《すがた》の青年《せいねん》を指《ゆび》さし――。

「ウィル・グリム！」

続《つづ》けて、生徒《せいと》の方《ほう》を指《ゆび》さした。

「国際刑事警察機構《インターポール》の指名手配《しめいてはい》リストの堂々《どうどう》トップ！　犯罪界《はんざいかい》のプリンスと呼《よ》ばれるあなたたちが、何《なん》でここに⁉」

「ジェイ・グリム？　人違《ひとちが》いじゃないかな？　僕《ぼく》の名前《なまえ》はジェシー・ジェイムズ。この学《がっ》校《こう》の英語教師《えいごきょうし》だよ」

そう名乗《なの》った青年《せいねん》は、微笑《ほほえ》んだまま頭《あたま》をかく。

「そうだよ、ペンギンさん。ジェイムズ先生《せんせい》はジェイじゃないよ。生物部《せいぶつぶ》の顧問《こもん》なんだよ」

と、茉莉音《マリネ》が先生《せんせい》の腕《うで》を握《にぎ》る。

「ピキ〜ッ！　こいつがジェイ・グリムじゃないのなら、後《うし》ろにいるのは誰《だれ》です⁉　あいつもウィル・グリムじゃないっていうんですか〜っ⁉」

Ｐ《ピー》・Ｐ《ピー》・ジュニアはヒレを振《ふ》り回《まわ》しながら、ピョンピョン飛《と》び跳《は》ねた。

「おいおい、何言《なにい》ってんだ、このペンギン？　俺《おれ》はウィリアム・Ｈ《エイチ》・ボニイ。ただの留学《りゅうがく》生《せい》だぜ」

制服姿《せいふくすがた》の生徒《せいと》――ウィル――の方《ほう》が、ポンッとＰ《ピー》・Ｐ《ピー》・ジュニアの頭《あたま》をたたく。

「ジェシー・ジェイムズに、ウィリアム・Ｈ《エイチ》・ボニイ？　ふざけないでください！　どっちも昔《むかし》の有名《ゆうめい》な犯罪者《はんざいしゃ》の名前《なまえ》じゃないですか！」

Ｐ《ピー》・Ｐ《ピー》・ジュニアはウィルの手《て》を振《ふ》り払《はら》い、茉莉音《マリネ》を振《ふ》り返《かえ》った。

「あなたもあなたですよ、茉莉音《マリネ》さん！　自分《じぶん》が入《はい》った部《ぶ》の顧問《こもん》が、前《まえ》に自分《じぶん》を狙《ねら》った犯《はん》人《にん》だって気《き》がつかなかったんですか～!?」

「も～、ペンギンさんったら、私《わたし》があのふたりの顔《かお》を見忘《みわす》れる訳《わけ》がないじゃ――」

茉莉音《マリネ》は噴《ふ》き出《だ》し、先生《せんせい》の顔《かお》を見上《みあ》げると――。

「――って！　あああああああ～っ！」

やっと気《き》がついた。

「……きれいさっぱりお忘《わす》れでしたようで」

アリスは首《くび》を横《よこ》に振《ふ》る。

「うそっ！　ほんとにジェイ様《さま》!?　これってもしかして運命《うんめい》の再会《さいかい》だったり!?」

ジェイを見《み》つめる茉莉音《マリネ》の目《め》は、ハート形《がた》になった。

「な訳《わけ》がないでしょ！」

突《つ》っ込《こ》みを入《い》れたのは、赤《あか》ずきんだったが――。

「……いや、正直言《しょうじきい》うと、あたしもさっぱり気《き》づいてなかったんだよね」

と、ごまかすように笑《わら》って白状《はくじょう》する。

「マジかよ」

と、うなだれるオオカミ。

「とにかく、ウィルとジェイ！」

P《ピー》・P《ピー》・ジュニアは背負《せお》っていたアザラシ形《がた》のリュックから、スマートフォンを取《と》り出《だ》した。

「飛《と》んで火《ひ》にいる夏《なつ》の虫《むし》、とはこのこと！　警察《けいさつ》を呼《よ》んで、逮捕《たいほ》してもらいますからね！」

「警察《けいさつ》を呼《よ》んでも無駄《むだ》だと思《おも》うよ」

ジェイは余裕《よゆう》の表情《ひょうじょう》を浮《う》かべている。

「どうしてです？」

P《ピー》・P《ピー》・ジュニアは手《て》――正確《せいかく》にはヒレ――を止《と》めると、問《と》いかけるような視線《しせん》をジェイに向《む》けた。

「ちょうどこの研究所《けんきゅうじょ》には、DNA《ディーエヌエー》や指紋《しもん》を調《しら》べられる設備《せつび》がある。それで俺《おれ》たちの指紋《しもん》とDNA《ディーエヌエー》を、インターポールの犯罪記録《データベース》と比《くら》べてみりゃいい」

ウィルは余裕《よゆう》の表情《ひょうじょう》を浮《う》かべる。

「いいでしょう、あなたたちの正体《しょうたい》、あばいてみせようじゃないですか？」

P《ピー》・P《ピー》・ジュニアは大《おお》きく頷《うなず》いた。

そして、30分後《ぷんご》。

「うにゅにゅにゅ～！　ど～して、ど～してです!?　指紋《しもん》もDNA《ディーエヌエー》も、記録《きろく》と一致《いっち》しませんよ～！」

P《ピー》・P《ピー》・ジュニアは、ふたりから採《と》った指紋《しもん》やその他《ほか》をインターポールの記録《きろく》と比《くら》べてみたが、まったく別《べつ》のものであることが分《わ》かった。

「つまり、俺《おれ》たちはそのグリム・ブラザーズじゃないってことだ」

ウィルが大《おお》げさに肩《かた》をすくめてみせる。

「ま、まさか⁉　記録《きろく》を書《か》き換《か》えたんですか〜⁉」

P《ピー》・P《ピー》・ジュニアはハッと気《き》がつき、クチバシをパクパクさせた。

「そんなことができるので？」

アリスはジェイの顔《かお》を見《み》つめる。

「まあね」

ジェイはウインクした。

「インターポールだけじゃないよ。僕《ぼく》と彼《かれ》がグリム・ブラザーズであることを証明《しょうめい》する記《き》録《ろく》は、今《いま》では世界《せかい》のどこにもない」

「つまり……野放《のばな》し？」

「アリス君《くん》、安心《あんしん》していいよ。僕《ぼく》たちはこの学校《がっこう》で犯罪《はんざい》を行《おこな》うつもりはないからね」

ジェイはアリスに微笑《ほほえ》みかける。

「……本当《ほんとう》に、本当《ほんとう》でしょうか？」

アリスは戸惑《とまど》う。

ジェイは今《いま》までいろいろな事件《じけん》を起《お》こしてきたが、アリスに嘘《うそ》をついたことはなかったからだ。

「庶民《しょみん》アリス、信用《しんよう》してどうするんですの!?」

リリカが、アリスとジェイの間《あいだ》に割《わ》って入《はい》る。

「あのさ、よく分《わ》かんないんだけど、アリスやリリカって、お兄《にい》ちゃんの先生《せんせい》の知《し》り合《あ》い？」

憩《いこい》がアリスたちの顔《かお》を見《み》た。

「おい、ジャック。せっかく妹《いもうと》が来《き》てくれたんだろ？　お前《まえ》がここでやってること、教《おし》えてやったらどうだ？」

ジャックや憩《いこい》を巻《ま》き込《こ》みたくないのだろう。ウィルがジャックに声《こえ》をかける。

「あ、うん」

ジャックが頷《うなず》き、ジェイたちから少《すこ》し離《はな》れた机《つくえ》の前《まえ》に、憩《いこい》や赤《あか》ずきん、それに茉莉音《マリネ》とリリカ、オオカミを呼《よ》び寄《よ》せ、説明《せつめい》を始《はじ》めた。

「……目的《もくてき》は何《なん》です？　まさか、ふつうの生活《せいかつ》がしたくてこの高校《こうこう》に潜《もぐ》り込《こ》んだ訳《わけ》じゃないでしょう？」

Ｐ《ピー》・Ｐ《ピー》・ジュニアは声《こえ》をひそめる。

「想像《そうぞう》はついているんだろう。僕《ぼく》たちが興味《きょうみ》を持《も》っているのは、彼《かれ》だよ」

ジェイは視線《しせん》をジャックに向《む》ける。

「正確《せいかく》に言《い》うと、彼《かれ》の研究《けんきゅう》かな？　植物遺伝子研究《しょくぶついでんしけんきゅう》の天才《てんさい》、ジャック碇山《いかりやま》。その才能《さいのう》には、世界《せかい》が注目《ちゅうもく》していると言《い》っても言《い》い過《す》ぎじゃない。ジャックの研究《けんきゅう》なら、何百万《なんびゃくまん》ドル払《はら》ってでも手《て》に入《い》れたいと申《もう》し出《で》ている会社《かいしゃ》だってある」

「な、なるほど」

遺伝子《いでんし》や科学《かがく》のことはチンプンカンプンだったが、その説明《せつめい》をお願《ねが》いすると話《はなし》が進《すす》みそうにないので、アリスはとりあえず頷《うなず》くことにした。

「有名《ゆうめい》な犯罪組織《はんざいそしき》もいくつか、ジャックの研究《けんきゅう》を悪用《あくよう》しようと狙《ねら》っている。僕《ぼく》らはジャックを彼《かれ》らの手《て》から守《まも》っているんだ」

ジェイは続《つづ》ける。

「そして、研究《けんきゅう》を盗《ぬす》んで売《う》ろうとしている。違《ちが》いますか？」

P《ピー》・P《ピー》・ジュニアはジェイをにらむ。

「そのくらいの利益《りえき》はあってもいいんじゃないか？」

ジェイはウインクした。

一方《いっぽう》。

「この試験管《しけんかん》に入《はい》っているのは、開発中《かいはつちゅう》の豆《まめ》だよ。生命力《せいめいりょく》がとっても強《つよ》い豆《まめ》でね。地球温暖化《ちきゅうおんだんか》で荒《あ》れ果《は》てた土地《とち》でも育《そだ》つから、飢《う》えた子供《こども》たちを救《すく》えるんじゃないかと期待《きたい》されているんだ」

ジャックは、小《ちい》さな豆《まめ》が数粒入《すうつぶはい》った試験管《しけんかん》をみんなに見《み》せていた。

「へ～、こんな小《ちい》さな豆《まめ》が食用危機《しょくようきき》を救《すく》うなんてね～」

赤《あか》ずきんが試験管《しけんかん》を手《て》に取《と》る。

「食糧危機《しょくりょうきき》だ、馬鹿《ばか》」

と、ウィルが訂正《ていせい》した。

「むぅ！　他人《ひと》を馬鹿《ばか》っていうやつが、一番馬鹿《いちばんばか》なんだぞ～！」

ムッとした赤《あか》ずきんは言《い》い返《かえ》すと、豆《まめ》の試験管《しけんかん》をウィルに向《む》けた。

「アホずきん、貴重《きちょう》な豆《まめ》を乱暴《らんぼう》に扱《あつか》うな！」

ウィルは赤《あか》ずきんの手《て》から試験管《しけんかん》を奪《うば》おうとする。

「誰《だれ》がアホずきんよ！」

ふたりがもめていると、勢《いきお》い余《あま》って豆《まめ》がひとつ、試験管《しけんかん》から飛《と》び出《だ》した。

「……あ」

「……あ」

豆《まめ》は机《つくえ》の上《うえ》を転《ころ》がって流《なが》しに落《お》ち、さらに転《ころ》がって排水口《はいすいこう》に吸《す》い込《こ》まれるように消《き》えていった。

「お兄《にい》ちゃん、豆《まめ》、流《なが》しに落《お》っこっちゃったけど」

憩《いこい》がジャックを振《ふ》り返《かえ》って知《し》らせる。

「流《なが》しに？」

ジャックは流《なが》しに駆《か》け寄《よ》った。

「拾《ひろ》うのは難《むずか》しそうです」

騒《さわ》ぎに気《き》がついたアリスも、排水口《はいすいこう》をのぞき込《こ》む。

すると。

……………ゴゴゴゴ～。

排水口《はいすいこう》の奥《おく》の方《ほう》で、低《ひく》い音《おと》がしていることにアリスは気《き》がついた。

ゴゴゴゴゴゴゴゴゴゴゴゴゴゴ～ッ！

音《おと》は次第《しだい》に大《おお》きくなってくる。

「みんな！　研究室《けんきゅうしつ》から出《で》て！　急《いそ》いで！」

ジャックは叫《さけ》んだ。

「ほへ？　何《なん》でです？」

P《ピー》・P《ピー》・ジュニアが首《くび》——ないけど——を傾《かし》げる。

「あの豆《まめ》は水《みず》に触《ふ》れると、すぐに芽《め》が出《で》て成長《せいちょう》を始《はじ》めるんだ！」

ジャックの説明《せつめい》が終《お》わるか終《お》わらないかのうちに、バキバキッとものすごい音《おと》がして、研究室《けんきゅうしつ》が大《おお》きく揺《ゆ》れた。

「ど、どうすれば？」

アリスはオロオロするだけだったが、誰《だれ》かがアリスを抱《かか》え上《あ》げる。

「ほへ？」

次《つぎ》の瞬間《しゅんかん》。

パンパン！

アリスを抱《かか》えた人物《じんぶつ》は、銃《じゅう》で窓《まど》を撃《う》ち破《やぶ》った。

そして、アリスを抱《かか》えたまま外《そと》へ飛《と》び出《だ》すと、芝生《しばふ》の上《うえ》に着地《ちゃくち》する。

「怪我《けが》は？」

アリスを抱《かか》えていたのは、ジェイである。

「どうにか無事《ぶじ》です」

ジェイの腕《うで》の中《なか》でアリスは頷《うなず》く。

「よかった」

ジェイはアリスを地面《じめん》に下《お》ろすと、研究所《けんきゅうじょ》を振《ふ》り返《かえ》る。

アリスも同《おな》じように研究所《けんきゅうじょ》の方《ほう》を見《み》て――。

「……あわわわ？」

自分《じぶん》の目《め》を疑《うたが》った。

研究所《けんきゅうじょ》は、空高《そらたか》く浮《う》かんでいた。

さっきまで研究所《けんきゅうじょ》があった場所《ばしょ》には太《ふと》い木《き》が生《は》えていて、それがぐんぐんと伸《の》び続《つづ》け、研究所《けんきゅうじょ》を空高《そらたか》く押《お》し上《あ》げているのだ。

「あの木《き》は？」

アリスは木《き》を指《ゆび》さした。

「豆《まめ》の木《き》だ。まだ未完成《みかんせい》で、成長速度《せいちょうそくど》が速《はや》すぎると聞《き》いていたけれど、これほどとはね」

さすがのジェイも驚《おどろ》きを隠《かく》せない。

「非常識《ひじょうしき》にもほどがありますわ！」

アリスの隣《となり》で、リリカが腰《こし》に手《て》を当《あ》てて顔《かお》をしかめる。

「赤妃《あかひ》さん、無事《ぶじ》で？」

「ふっ、私《わたし》は何《なに》があろうと安全《あんぜん》ですわ！　この、神崎《かんざき》がいる限《かぎ》り！」

リリカは、自分《じぶん》の後《うし》ろに立《た》っている執事《しつじ》の神崎《かんざき》を視線《しせん》で示《しめ》した。

「左様《さよう》でございます」

と、神崎《かんざき》。

どうやら、神崎《かんざき》がリリカを救《すく》い出《だ》したようだ。

「いつの間《ま》に？」

さっきまでいなかったはずの神崎《かんざき》を見《み》て、アリスは驚《おどろ》く。

「リリカお嬢様《じょうさま》あるところ、神崎《かんざき》ありでございます」

神崎《かんざき》は微笑《ほほえ》み、アリスに一礼《いちれい》する。

「研究所《けんきゅうじょ》から脱出《だっしゅつ》できたのは、僕《ぼく》たち3人《にん》だけのようだね」

ジェイがアリスに言《い》った。

つまり、あの研究所《けんきゅうじょ》にはまだP《ピー》・P《ピー》・ジュニア、ウィル・グリム、赤《あか》ずきんとオオカミ、汐凪茉莉音《しおなぎマリネ》、それに碇山兄妹《いかりやまきょうだい》が残《のこ》されているということだ。

「ふむ」

神崎《かんざき》は双眼鏡《そうがんきょう》を取《と》り出《だ》し、研究所《けんきゅうじょ》の方《ほう》に向《む》ける。

「……どうやらあの植物《しょくぶつ》、1分《ぷん》あたり40メートルほどの速度《そくど》で成長《せいちょう》をしているようですな」

「1時間半《じかんはん》と少《すこ》しで、富士山《ふじさん》と同《おな》じぐらいの高《たか》さになる計算《けいさん》か」

と、ジェイ。

「ただちにヘリを呼《よ》んで救出《きゅうしゅつ》に当《あ》たらせなさい」

リリカは神崎《かんざき》に命《めい》じた。

「無駄《むだ》だと思《おも》うね」

ジェイが首《くび》を横《よこ》に振《ふ》る。

「研究所《けんきゅうじょ》は豆《まめ》の枝《えだ》や葉《は》に囲《かこ》まれていて、ヘリじゃ近《ちか》づけないよ」

「じゃあ、どうすればいいんですの!?」

「それはこれから考《かんが》える。でも、上《うえ》にはウィルとP《ピー》・P《ピー》・ジュニアがいるんだ。心配《しんぱい》は要《い》らないさ」

ジェイはリリカを安心《あんしん》させるようにそう告《つ》げた。


その頃《ころ》。

「ちょっと！　どんどん高《たか》くなってくじゃない！　どうしてくれんのよ！」

研究所《けんきゅうじょ》の中《なか》では、赤《あか》ずきんがウィルに詰《つ》め寄《よ》っていた。

「俺《おれ》のせいかよ！」

「あんたのせいで豆《まめ》が芽《め》を出《だ》しちゃったんでしょ！」

「落《お》としたのはお前《まえ》だろが！」

と、もめているふたりの横《よこ》で。

「こ、これって大丈夫《だいじょうぶ》なんですか〜？　このまま宇宙《うちゅう》まで伸《の》びていったり？」

窓《まど》から身《み》を乗《の》り出《だ》して外《そと》を見《み》た茉莉音《マリネ》が、ジャックに聞《き》いていた。

「その心配《しんぱい》はないよ」

と、ジャック。

「それまでに実《み》をつけて、あとは枯《か》れるだけだから」

「……枯《か》れたらどうなります？」

嫌《いや》〜な予感《よかん》がして、P《ピー》・P《ピー》・ジュニアが尋《たず》ねる。

「倒《たお》れるよ」

当然《とうぜん》のことのようにジャックは答《こた》えた。

「つまり、真《ま》っ逆《さか》さまってことですか〜!?」

P《ピー》・P《ピー》・ジュニアの声《こえ》はひっくり返《かえ》る。

「これだから飛《と》べない鳥《とり》は」

ウィルがフンと鼻《はな》で笑《わら》った。

「いいですか、ペンギンは飛《と》べないのではありません！　あえて！　そう、あえて！　飛《と》ばないことを選《えら》んだ鳥《とり》なのです！」

P《ピー》・P《ピー》・ジュニアは言《い》い張《は》る。

「ねえねえ、ロープとか垂《た》らして降《お》りられないかな？」

憩《いこい》がみんなに提案《ていあん》した。

「そんな長《なが》いロープはないし、たとえあったとしても降《お》りてる途中《とちゅう》で力尽《ちからつ》きる」

提案《ていあん》はウィルにあっさり却下《きゃっか》される。

「う〜、そっか〜」

兄《あに》と違《ちが》って考《かんが》えることはあまり得意《とくい》でないのか、憩《いこい》は頭《あたま》を抱《かか》える。

「じゃあ、あたしたち、もうオシマイってことなの⁉　あたし、まだ男《おとこ》の子《こ》とデートだってしたことないのに⁉」

と、赤《あか》ずきんが真《ま》っ青《さお》になったその時《とき》。

『しょ～、無事《ぶじ》？』

アリスからの連絡《れんらく》が、Ｐ《ピー》・Ｐ《ピー》・ジュニアのスマートフォンに入《はい》った。

「何《なん》とか生《い》きてますよ～」

背中《せなか》のアザラシ形《がた》リュックからスマートフォンを出《だ》して、Ｐ《ピー》・Ｐ《ピー》・ジュニアは答《こた》える。

『脱出方法《だっしゅつほうほう》は見《み》つかった？』

「ぜんぜん」

「おい、そっちにジェイはいるか⁉」

ウィルが会話《かいわ》に割《わ》り込《こ》んできた。

『います』

アリスはジェイに替《か》わる。

『ウィル、自分《じぶん》のスマートフォンで僕《ぼく》にかけたらどうだい？』

と、ジェイの声《こえ》。

「できないんだよ、バカずきんともみ合《あ》ってる時《とき》に落《お》として壊《こわ》した」

「うわ〜、それもあたしのせい？」

赤《あか》ずきんはウィルに向《む》かってべ〜ッと舌《した》を出《だ》した。

「何《なに》か手《て》を打《う》つんなら急《いそ》いでくれ。この豆《まめ》の木《き》、長《なが》いこともたないらしい」

ウィルは赤《あか》ずきんを無視《むし》して続《つづ》ける。

『残《のこ》り時間《じかん》はどのくらいだ？』

ジェイは聞《き》いた。

「ジャック！」

ウィルはジャックを振《ふ》り返《かえ》る。

「ええっと……」

ジャックはホワイトボードに向《む》かい、計算《けいさん》を始《はじ》めた。

「1時間弱《じかんじゃく》ですね」

答《こた》えはすぐに出《で》て、ウィルはそれを兄《あに》に伝《つた》える。

『ししょ〜』

アリスはP《ピー》・P《ピー》・ジュニアに替《か》わってもらうと、小声《こごえ》で尋《たず》ねた。

『……鏡《かがみ》、そのへんにある？』

「ありますけど」

P《ピー》・P《ピー》・ジュニアも声《こえ》をひそめる。

「鏡《かがみ》の世界《せかい》にはあなたしか入《はい》れないんでしょう？　鏡《かがみ》を通《とお》ってみんなを助《たす》けるのは無理《むり》ですよ」

『うん。でも、鏡《かがみ》、用意《ようい》しておいて』

アリスはいったん電話《でんわ》を切《き》った。


地上《ちじょう》では研究所《けんきゅうじょ》の異変《いへん》に気《き》がつき、先生《せんせい》や生徒《せいと》が集《あつ》まってきていた。

アリスはジェイやリリカから離《はな》れると、ポシェットから鏡《かがみ》を取《と》り出《だ》す。

「鏡《ミラー》よ、鏡《ミラー》」

アリスの指《ゆび》が、鏡《かがみ》の表面《ひょうめん》に触《ふ》れた。

「アリス・リドル登場《エンター・アリス・リドル》」

鏡《かがみ》を通《とお》り過《す》ぎた瞬間《しゅんかん》、アリスの髪《かみ》を留《と》めていたリボンが自然《しぜん》と解《ほど》けて、黄色《きいろ》のストライプが入《はい》った空色《そらいろ》のリボンへと変《か》わった。

地味《じみ》だった黒《くろ》いワンピースもトランプ柄《がら》の空色《そらいろ》のワンピースに変化《へんか》する。

これがもうひとつのアリスの姿《すがた》。

名探偵《めいたんてい》アリス・リドルである。

そしてここは、何《なに》もかもが外《そと》とは違《ちが》う鏡《かがみ》の国《くに》だ。

鏡《かがみ》の国《くに》では、時間《じかん》の流《なが》れが信《しん》じられないほどゆっくりしている。

だから、こちらに何時間《なんじかん》、いや、何日《なんにち》いても外《そと》では一瞬《いっしゅん》のこと。

鏡《かがみ》の国《くに》なら、Ｐ《ピー》・Ｐ《ピー》・ジュニアたちを助《たす》ける方法《ほうほう》をゆっくり考《かんが》えることができるはずである。

（……でも、ここは？）

アリスはあたりを見渡《みわた》した。

鏡《かがみ》の国《くに》には何度《なんど》も来《き》たことがあるが、今《いま》いるのは知《し》らない場所《ばしょ》だ。

アリスの体《からだ》は、無数《むすう》の鏡《かがみ》が星《ほし》のように輝《かがや》いている空間《くうかん》にフワフワと浮《う》かんでいる。

だが、目《め》の前《まえ》には細《ほそ》い川《かわ》がアリスと同《おな》じようにフワフワ浮《う》かびながら流《なが》れているのだ。

そして、その川《かわ》のほとりでは。

「ふふんふ～、ふふふんふ～」

大《おお》きな体《からだ》に細《ほそ》い手足《てあし》がついたへんてこなタマゴが座《すわ》り、鼻歌《はなうた》を歌《うた》いながら釣《つ》り糸《いと》を垂《た》らしていた。

このタマゴのことはよく知《し》っている。

アリスの友《とも》だちでもある、仕立屋《テイラー》のハンプティ・ダンプティだ。

「やあ、アリス」

ハンプティ・ダンプティは帽子《ぼうし》を脱《ぬ》いで挨拶《あいさつ》する。

「この川《かわ》はどこから？」

アリスはちょっと気《き》になったので尋《たず》ねてみた。

「あっちの方《ほう》で、ウミガメモドキが泣《な》いててさ」

ハンプティ・ダンプティは白《しろ》い手袋《てぶくろ》をした手《て》で川《かわ》の上流《じょうりゅう》を指《ゆび》さした。

「これはその涙《なみだ》。ウミガメモドキって、すごい泣《な》き虫《むし》なんだよね。晴《は》れの日《ひ》には雨《あめ》が降《ふ》らないって泣《な》いて、雨《あめ》の日《ひ》には太陽《たいよう》が見《み》えないって泣《な》くし」

ハンプティ・ダンプティは眉《まゆ》をひそめる。

「今《いま》、泣《な》いてるのは確《たし》か、泣《な》きたいのに泣《な》く理由《りゆう》が見《み》つからないから、じゃなかったかな？」

「なるほど。でも涙《なみだ》の川《かわ》だと、糸《いと》を垂《た》らしても何《なに》も釣《つ》れないような気《き》が？」

と、アリス。

「そ〜でもないよ」

ハンプティ・ダンプティが首《くび》を振《ふ》ったその時《とき》。

浮《う》きが大《おお》きく上下《じょうげ》に動《うご》いた。

釣《つ》り竿《ざお》を引《ひ》くと、糸《いと》の先《さき》には5センチほどの魚《さかな》がかかっていた。

「ほら、クジラが」

ハンプティ・ダンプティはアリスに釣《つ》れたものを見《み》せる。

魚《さかな》ではない。

確《たし》かにクジラだ。

「小《ちい》さいクジラです」

アリスが顔《かお》を近《ちか》づけると、クジラは潮《しお》を噴《ふ》いてアリスの顔《かお》に引《ひ》っかけた。

「で、また問題《もんだい》が起《お》きたの？」

ハンプティ・ダンプティはアリスに聞《き》いた。

「大問題《だいもんだい》が」

アリスは頷《うなず》く。

「ちょっとここで考《かんが》えていいですか？」

「もちろん。川《かわ》のほとりは、考《かんが》えごとをするのにピッタリさ」

ハンプティ・ダンプティは胸《むね》のポケットからハンカチを出《だ》して、自分《じぶん》の隣《となり》に敷《し》いた。

「では、お邪魔《じゃま》して」

アリスはハンカチの上《うえ》に座《すわ》ると、目《め》を閉《と》じて考《かんが》えを巡《めぐ》らす。

空《そら》。

そびえる豆《まめ》の木《き》。

研究所《けんきゅうじょ》。

そのまわりを飛《と》ぶ鳥《とり》たち。

様々《さまざま》なイメージが、アリスの頭《あたま》の中《なか》で回転《かいてん》する。

そして。

「……頭《あたま》が良《よ》くなる服《ふく》なんて作《つく》れたりは？」

目《め》を開《ひら》いたアリスは、ハンプティ・ダンプティに尋《たず》ねていた。

「アリス、そんな無茶《むちゃ》な服《ふく》、さすがのボクでも――」

ハンプティ・ダンプティは立《た》ち上《あ》がると、パチンと指《ゆび》を鳴《な》らした。

「作《つく》れちゃうんです！　ヘイ、カモ～ン！」

白《しろ》い布《ぬの》と、糸《いと》と針《はり》が現《あらわ》れ、ハンプティ・ダンプティのまわりで踊《おど》り始《はじ》める。

布《ぬの》はあっという間《ま》に服《ふく》の形《かたち》になり、ふわりとアリスの手《て》の中《なか》に落《お》ちてきた。

どうやら、この服《ふく》は白衣《はくい》のようである。

「これこそ、天才白衣《てんさいはくい》！」

ハンプティ・ダンプティはウインクし、ちょっとおしゃれなメガネもアリスに渡《わた》した。

「ちなみに、これが付属品《ふぞくひん》の天才《てんさい》メガネ」

「ワンダー・チェンジ！」

アリスはいつもの魔法《まほう》の言葉《ことば》を唱《とな》え、白衣《はくい》に着替《きが》える。

すると。

「おお」

アリスは自分《じぶん》で驚《おどろ》いた。

「頭《あたま》がスッキリしています」

心《こころ》なしか、しゃべり方《かた》まで少《すこ》し賢《かしこ》そうになっている。

「もしかすると、次《つぎ》のテストは満点《まんてん》に？」

「まあ、脱《ぬ》いだ瞬間《しゅんかん》に元《もと》に戻《もど》っちゃうけど」

「……あうう」

白衣《はくい》を着《き》たままテストを受《う》けられればいいのだが、そうはいかないだろう。

アリスは早々《はやばや》とあきらめた。

とにかく、天才《てんさい》になっても知識《ちしき》がないと、みんなを助《たす》けるために必要《ひつよう》なものは作《つく》れない。

（本《ほん》を読《よ》んで勉強《べんきょう》しないと）

「鏡《かがみ》の国《くに》に図書館《としょかん》は？」

アリスは聞《き》いた。

「ありませんよ。でも、本《ほん》だったらこれさえあれば」

と、ハンプティ・ダンプティが取《と》り出《だ》したのは、ポップコーンが山《やま》ほど入《はい》った大型《おおがた》の紙《かみ》コップだった。

「カモ～ン、本鳥《ブックバード》」

ハンプティ・ダンプティがポップコーンを手《て》にのせて口笛《くちぶえ》を吹《ふ》くと、表紙《ひょうし》を上《うえ》にして開《ひら》いた本《ほん》が、羽《は》ばたきながら何十羽《なんじゅうわ》も集《あつ》まってきた。

「君《きみ》が読《よ》みたいのは？」

ハンプティ・ダンプティはアリスに尋《たず》ねる。

「あの子《こ》を」

アリスは背表紙《せびょうし》に金色《きんいろ》の文字《もじ》で『流体力学《りゅうたいりきがく》』と書《か》かれた本《ほん》を指《ゆび》さした。

「ええっと……この子《こ》だね」

ハンプティ・ダンプティが合図《あいず》すると、流体力学《りゅうたいりきがく》の本《ほん》がアリスの手《て》にとまった。

アリスは本《ほん》を開《ひら》き、読《よ》み始《はじ》めた。

「到着《とうちゃく》」

アリスはP《ピー》・P《ピー》・ジュニアが部屋《へや》の隅《すみ》っこに置《お》いた鏡《かがみ》を通《とお》り、研究所《けんきゅうじょ》に姿《すがた》を現《あらわ》した。

「アリス・リドル！　どこから来《き》たのよ⁉」

アリスに気《き》がついた赤《あか》ずきんが、驚《おどろ》いて口《くち》をパクパクさせる。

「話せば長《ロング・ストーリー》くなります」

アリスはそう答《こた》えると、ウィルの前《まえ》に立《た》つ。

「久《ひさ》しぶりだな、アリス・リドル」

ウィルはアリスを見《み》つめた。

「今《いま》の私《わたし》は博士《ドクター》アリスです」

アリスは答《こた》える。

「お前《まえ》が現《あらわ》れたってことは、この絶望的《ぜつぼうてき》な状況《じょうきょう》から脱出《だっしゅつ》できる方法《ほうほう》を見《み》つけたということか？」

「はい」

アリスは頷《うなず》いて続《つづ》けた。

「葉《は》っぱとつるを集《あつ》めてください」

「葉《は》っぱ？　意味分《いみわ》かんないが、仕方《しかた》ねえな」

ウィルは窓《まど》から研究所《けんきゅうじょ》の外《そと》に出《で》る。

「気《き》をつけて」

身軽《みがる》につるをたどって進《すす》むウィルに、アリスは声《こえ》をかけた。

この高《たか》さからだと、地上《ちじょう》の森之奥高校《もりのおくこうこう》は豆粒《まめつぶ》ぐらいの大《おお》きさにしか見《み》えない。

落《お》ちたらどうなるかは、明《あき》らかだ。

「よけいなお世話《せわ》だ」

「じゃあ、気《き》をつけないで～」

と、P《ピー》・P《ピー》・ジュニア。

「……ペンギン、あとで覚《おぼ》えてろよ」

ウィルはP《ピー》・P《ピー》・ジュニアをにらんでから、慎重《しんちょう》につるをたどって巨大《きょだい》な葉《は》っぱに近《ちか》づいていった。

強《つよ》い風《かぜ》が吹《ふ》いているが、それでも何《なん》とか葉《は》っぱにたどり着《つ》く。

「おい、アリス！　葉《は》っぱ、何枚必要《なんまいひつよう》だ!?」

ウィルは振《ふ》り返《かえ》ってアリスに聞《き》いた。

「ひとりにつき４枚《まい》。つるは８メートルぐらい」

アリスは答《こた》える。

「やれやれ、人使《ひとづか》いが荒《あら》いぜ」

ウィルは葉《は》っぱを付《つ》け根《ね》からナイフで切《き》って、集《あつ》め始《はじ》めた。

「まず、ひとり分《ぶん》」

片手《かたて》に葉《は》っぱを抱《かか》えて研究所《けんきゅうじょ》の窓《まど》まで戻《もど》ると、それを投《な》げ込《こ》んでまたつるを伝《つた》っていく。

ウィルは何度《なんど》か往復《おうふく》して、人数分《にんずうぶん》の葉《は》っぱとつるを集《あつ》めた。

「で、これ、どうすんだ？」

積《つ》み重《かさ》ねられた葉《は》っぱを前《まえ》にして、ウィルはアリスに尋《たず》ねる。

「こういうものを作《つく》ってください」

アリスはホワイトボードに設計図《せっけいず》を描《えが》いた。

ミリ単位《たんい》で数字《すうじ》が入《はい》った精密《せいみつ》なこの設計図《せっけいず》は、本鳥《ブックバード》で勉強《べんきょう》した成果《せいか》だ。

「おい、それってもしかすると？」

ウィルの目《め》が丸《まる》くなる。

「葉《は》っぱで作《つく》ったハンググライダー、名付《なづ》けて、葉《は》っぱグライダーです」

「こんなもんで地上《ちじょう》まで降《お》りられるのか？」

疑《うたが》いの視線《しせん》を設計図《せっけいず》に投《な》げかけるウィル。

「私《わたし》の計算《けいさん》に間違《まちが》いはありません」

アリスはメガネをつっと押《お》し上《あ》げた。

「確《たし》かに」

設計図《せっけいず》を見《み》たジャックも頷《うなず》く。

「これなら強度的《きょうどてき》にも問題《もんだい》はないです」

「……豆《まめ》の木《き》が枯《か》れ、墜落《ついらく》するのをただ待《ま》っているよりはマシか？」

ウィルはナイフを使《つか》い、設計図通《せっけいずどお》りに葉《は》っぱに切《き》り込《こ》みを入《い》れていく。

「おい、お前《まえ》らも手伝《てつだ》え」

ウィルは茉莉音《マリネ》や赤《あか》ずきんにも声《こえ》をかける。

「うう、あたし、工作《こうさく》とか超苦手《ちょうにがて》なんだけど」

「やっぱり、あなたは引《ひ》っ込《こ》んでいてください」

P《ピー》・P《ピー》・ジュニアが、葉《は》っぱと設計図《せっけいず》からズルズルと赤《あか》ずきんを引《ひ》き離《はな》した。

そして、50分後《ぷんご》。

「これで人数分《にんずうぶん》、完成《かんせい》したな」

完成《かんせい》したグライダーを見渡《みわた》し、ウィルがふうっと息《いき》をついた。

「ここに手《て》をかけて飛《と》び出《だ》せば、自然《しぜん》に開《ひら》きます」

アリスが実際《じっさい》にグライダーを持《も》ち上《あ》げてみて、どうやって飛《と》ぶのかを説明《せつめい》する。

「最初《さいしょ》はボク！」

真《ま》っ先《さき》に葉《は》っぱグライダーをつかみ、窓《まど》から飛《と》び出《だ》したのは憩《いこい》だった。

「あはははははははは〜っ！」

憩《いこい》のグライダーは数《すう》メートル落下《らっか》したところで翼《つばさ》を広《ひろ》げ、ゆっくりと円《えん》を描《えが》きながら地《ち》上《じょう》に向《む》かって降《お》りてゆく。

「な、何《なん》だかすごく楽《たの》しそうですね」

茉莉音《マリネ》に抱《かか》えられて窓《まど》から外《そと》を見《み》るP《ピー》・P《ピー》・ジュニアは、ちょっとあきれ顔《がお》だ。

「無事《ぶじ》みたいだから、次《つぎ》はあたし！」

2番手《ばんて》に名乗《なの》り出《で》たのは赤《あか》ずきんである。

「すっげ〜不安《ふあん》」

オオカミが前足《まえあし》で赤《あか》ずきんの背中《せなか》にしがみついた。

赤《あか》ずきんが飛《と》び降《お》りると、次《つぎ》は茉莉音《マリネ》。

4番目《ばんめ》がP《ピー》・P《ピー》・ジュニアで、その次《つぎ》がジャックである。

「押《お》さないでよ、押《お》さないでよ、押《お》さないでよ、押《お》さないでよ、押《お》さないでよ……って、押《お》された〜っ！」

ウィルが問答無用《もんどうむよう》で背中《せなか》をどつくと、ジャックは窓《まど》から飛《と》び出《だ》していた。

「大丈夫《だいじょうぶ》みたい」

ジャックのグライダーが無事《ぶじ》に降《お》りてゆくのを確認《かくにん》し、アリスはホッとする。

「ああ。残《のこ》ったのは俺《おれ》とお前《まえ》だな」

ウィルは頷《うなず》き、先《さき》に飛《と》ぶようにアリスを視線《しせん》でうながした。

豆《まめ》の木《き》が枯《か》れて倒《たお》れるまで、あと数分《すうふん》だ。

「ほら、レディ・ファーストだ」

「意外《いがい》と紳士《しんし》？」

アリスはグライダーを握《にぎ》り、窓《まど》の前《まえ》に立《た》つ。

「意外《いがい》はよけいだ」

ウィルはそう言《い》うと、部屋《へや》の隅《すみ》に目立《めだ》たないように置《お》いてあったプラスチックのケースを引《ひ》っ張《ぱ》ってきた。

「それは？」

アリスは尋《たず》ねる。

「簡単《かんたん》に言《い》えば、超強力爆弾《ちょうきょうりょくばくだん》だ。この研究所《けんきゅうじょ》がこのまま真下《ました》に落《お》ちてみろ、学校《がっこう》どころか周囲《しゅうい》にまで被害《ひがい》が出《で》る。だから、爆弾《ばくだん》で粉々《こなごな》に吹《ふ》っ飛《と》ばすんだよ」

「……いつも爆弾《ばくだん》を用意《ようい》してるの？」

「用心深《ようじんぶか》いんだよ、俺《おれ》は」

ウィルはケースを開《ひら》き、いくつかのボタンを押《お》した。

「カウントダウンが始《はじ》まるぞ！　行《い》け！」

「うん」

アリスは窓《まど》から飛《と》び出《だ》し、ウィルがそれに続《つづ》く。

「4……3……2……1……ゼロ！」

爆弾《ばくだん》で研究所《けんきゅうじょ》は吹《ふ》き飛《と》び、その炎《ほのお》と爆風《ばくふう》がウィルのグライダーに襲《おそ》いかかった。

さすがに爆風《ばくふう》のことまでは、計算《けいさん》に入《はい》っていない。

ウィルのグライダーの右《みぎ》の翼《つばさ》が、ポッキリと折《お》れる。

「ちっ！」

翼《つばさ》が折《お》れたウィルの葉《は》っぱグライダーは、急降下《きゅうこうか》し始《はじ》める。

「グライダーを捨《す》てて、こっちに跳《と》んで！」

アリスは自分《じぶん》のグライダーをギリギリまでウィルに近《ちか》づけた。

「はあ!?」

「いいから跳《と》んで！　空中《くうちゅう》で捕《つか》まえるから！」

「ふたり分《ぶん》の体重《たいじゅう》を支《ささ》えられるのかよ！」

「ギリギリだけど！　たぶん大丈夫《だいじょうぶ》！」

アリスは手《て》を伸《の》ばした。

「お願《ねが》い、信《しん》じて！」

「くそっ！」

ウィルはグライダーを捨《す》てて、空中《くうちゅう》に身《み》を躍《おど》らせた。

次《つぎ》の瞬間《しゅんかん》、その手《て》をアリスがしっかりと握《にぎ》る。

アリスはウィルを引《ひ》き寄《よ》せると、つるでできた握《にぎ》りをつかませ、その背中《せなか》におぶさるように体《からだ》を重《かさ》ねた。

ふたり乗《の》りのグライダーは、やや速度《そくど》を上《あ》げながら降下《こうか》を続《つづ》ける。

「しっかりつかまって！」

グライダーの横揺《よこゆ》れが激《はげ》しい。

アリスは無事《ぶじ》に着陸《ちゃくりく》できるかどうか、だんだん自信《じしん》がなくなってくる。

「分《わ》かってる！」

ウィルの声《こえ》も緊張気味《きんちょうぎみ》だ。

あと300メートル……200メートル……100メートル……50メートル……。

ガッ、ザザザザ〜ッ！

胃袋《いぶくろ》が口《くち》から飛《と》び出《で》そうな感《かん》じがアリスたちを襲《おそ》う。

グライダーはふらつきながらも芝生《しばふ》をえぐるようにして着地《ちゃくち》し、なんとか停止《ていし》した。

「ひとつ、いや、ふたつ借《か》りだな？」

地上《ちじょう》に立《た》ったウィルは、アリスの手《て》を離《はな》しながら照《て》れ隠《かく》しのように素《そ》っ気《け》なく言《い》った。

「じゃあ、自首《じしゅ》する？」

「それだけはお断《ことわ》りだ」

と、ウィルが笑《わら》ったところに。

「アリス〜！」

P《ピー》・P《ピー》・ジュニアたちがやってきて、ふたりを囲《かこ》んだ。

「アリス・リドル」

ジェイがゆっくりと拍手《はくしゅ》する。

「よくこんなこと思《おも》いついたね」

「今《いま》の私《わたし》は天才《てんさい》ですので」

アリスはずり落《お》ちかけていたメガネをつっと押《お》し上《あ》げた。

「何《なに》より不思議《ふしぎ》なのは――」

そんなアリスを、ジェイは見《み》つめる。

「僕《ぼく》でさえたどり着《つ》けなかった天空《てんくう》の研究所《けんきゅうじょ》に、君《きみ》が姿《すがた》を見《み》せたことだ。どういうトリックなのかな？」

「……話せば長く《ロング・ストーリー》なります」

アリスは視線《しせん》をそらし、ごまかすことにした。

「……ふ、まあいい。とにかく、ウィル、いや、ボニイたちを助《たす》けてくれたことに感謝《かんしゃ》しているよ」

「もうボニイはいいって」

ウィルはうんざりという顔《かお》だ。

「ところで」

P《ピー》・P《ピー》・ジュニアは咳払《せきばら》いして、グリム・ブラザーズに尋《たず》ねた。

「あなたたち、まだこの高校《こうこう》にいるつもりなんですか？」

「もちろん、僕《ぼく》は教師《きょうし》だからね」

「で、俺《おれ》は生徒《せいと》」

ふたりは当然《とうぜん》のことのように答《こた》える。

「……ねえ、やっぱりこれって運命《うんめい》の再会《さいかい》じゃないかな？」

茉莉音《マリネ》がまたも目《め》をハートマークにして、アリスにささやく。

すると。

「違《ちが》います！」

ジェイ以外《いがい》のその場《ば》にいた全員《ぜんいん》が、声《こえ》をそろえて答《こた》えるのだった。

ファイル・ナンバー
1

探《さが》せ！ 毒《どく》りんご

昔《むかし》むかし、ある王国《おうこく》のお城《しろ》に。

白雪《しらゆき》という姫君《ひめぎみ》が住《す》んでおりました。

幼《おさな》い頃《ころ》から大変《たいへん》美《うつく》しかった白雪姫《しらゆきひめ》は、父《ちち》の王様《おうさま》だけではなく、国中《くにじゅう》の人々《ひとびと》の自慢《じまん》の種《たね》でした。

しかし、王妃《おうひ》だけはひとり、白雪姫《しらゆきひめ》の美《うつく》しさを密《ひそ》かにねたんでいたのです。

大《おお》きくなるにつれて白雪姫《しらゆきひめ》がさらに美《うつく》しくなってゆくのを見《み》て、王妃《おうひ》はとうとう家来《けらい》の猟師《りょうし》に命《めい》じて、姫《ひめ》を殺《ころ》させようとしました。

ですが、猟師《りょうし》は姫《ひめ》を可哀想《かわいそう》に思《おも》い、こっそりと森《もり》の奥《おく》に逃《に》がすことにしたのです。

白雪姫《しらゆきひめ》は森《もり》で7人《にん》のドワーフたちに出会《であ》い、一緒《いっしょ》に住《す》むことにしました。

一方《いっぽう》、王妃《おうひ》は姫《ひめ》が生《い》きていることに気《き》がつくと、お婆《ばあ》さんに化《ば》け、毒《どく》リンゴが入《はい》ったバスケットを持《も》って、ドワーフたちの家《いえ》を訪《たず》ねました。

白雪姫《しらゆきひめ》はお婆《ばあ》さんからリンゴをもらうと……。

＊　＊　＊

気持《きも》ち良《よ》く晴《は》れた日曜日《にちようび》の朝《あさ》のこと。

「入《はい》りますわよ！　P様《ピーさま》、そして庶民《しょみん》アリ〜ス！」

アリスの（自称《じしょう》）親友《しんゆう》、赤妃《あかひ》リリカが突然《とつぜん》、『ペンギン探偵社《たんていしゃ》』に押《お》しかけてきた。

「あわわわわ……」

ノックもなしに扉《とびら》が開《ひら》かれた時《とき》、アリスはまだ朝食《ちょうしょく》のフレンチトーストをチマチマと食《た》べているところだった。

「本日《ほんじつ》は、この赤妃《あかひ》リリカが！」

リリカはいつものように、P《ピー》・P《ピー》・ジュニアのところに駆《か》け寄《よ》ると、抱《だ》き上《あ》げて頬《ほお》ずりする。

「P《ピー》様《さま》のために、お仕事《しごと》を持《も》ってきましたわ！」

「ぐにゅにゅにゅ〜、仕事《しごと》の依頼《いらい》なら大歓迎《だいかんげい》ですけど〜」

苦《くる》しそうにもがきながら、P《ピー》・P《ピー》・ジュニアはリリカの後《うし》ろに立《た》っているスーツ姿《すがた》の女《じょ》性《せい》の方《ほう》に目《め》をやった。

「……あちらの、一緒《いっしょ》に来《こ》られた方《かた》は？」

「ふうひっはおひひあいえほう《どういったお知り合いでしょう》？」

アリスも頬張《ほおば》ったフレンチトーストを蜂蜜入《はちみつい》りの紅茶《こうちゃ》で流《なが》し込《こ》むと、そちらの女性《じょせい》を観《かん》察《さっ》する。

20代半《だいなか》ばくらい。

長《なが》い黒髪《くろかみ》をリボンでまとめあげている、知的《ちてき》な顔立《かおだ》ちの人《ひと》だ。

(お友《とも》だちにしては歳《とし》が離《はな》れているし、姉《あね》にしてはあまり似《に》ていないような？)

と、アリスは思《おも》う。

「こちらは白雪姉様《しらゆきねえさま》。私《わたし》の従姉《いとこ》ですわ。この奥《おく》ゆかしい私《わたし》にそっくりでしょう？」

リリカは床《ゆか》に下《お》ろしたP《ピー》・P《ピー》・ジュニアに女性《じょせい》を紹介《しょうかい》する。

（赤妃《あかひ》さんが……奥《おく》ゆかしい？）

アリスは思《おも》わず辞書《じしょ》を引《ひ》きたくなった。

ちなみに、辞書《じしょ》の「奥《おく》ゆかしい」のところには、「深《ふか》い心《こころ》づかいがある」などと書《か》かれているはずである。

「赤妃白雪《あかひしらゆき》と申《もう》します」

白雪《しらゆき》は、アリスたちにていねいに頭《あたま》を下《さ》げた。

「従姉《いとこ》さんということは、やっぱり赤妃《あかひ》グループの？」

P《ピー》・P《ピー》・ジュニアは尋《たず》ねる。

リリカの一族《いちぞく》はみんな、銀行《ぎんこう》、貿易会社《ぼうえきがいしゃ》、自動車会社《じどうしゃがいしゃ》といった大企業《だいきぎょう》の関係者《かんけいしゃ》なのだ。

「はい。スノーホワイト貿易《ぼうえき》という、フルーツを輸入《ゆにゅう》する会社《かいしゃ》を経営《けいえい》しています」

白雪《しらゆき》が頷《うなず》く。

「で、そのスノーホワイトで、大々々事件《だいだいだいじけん》が起《お》こりましたの！」

リリカはそう言《い》いながら、テーブルの上《うえ》のポットから勝手《かって》に紅茶《こうちゃ》をカップに注《そそ》いだ。

「大事件《だいじけん》？」

アリスは聞《き》き返《かえ》す。

「こんなメッセージが、今朝《けさ》、私《わたし》のアドレスに」

白雪《しらゆき》は自分《じぶん》のスマートフォンを取《と》り出《だ》して、P《ピー》・P《ピー》・ジュニアとアリスに見《み》せた。

その液晶画面《えきしょうがめん》には——

悪《あく》の社長《しゃちょう》さんへ
私《わたし》はあなたの会社《かいしゃ》がやっていることは、
と～っても悪《わる》いことだと思《おも》います
だから、あなたをこらしめるために、
スノーホワイトが白瀬市《しらせし》で販売《はんばい》するリンゴに毒《どく》を入《い》れました
これであなたの会社《かいしゃ》が輸入《ゆにゅう》しているリンゴは売《う》れなくなるはず
ざまあみろ～
追伸《ついしん》　見本《みほん》の毒入《どくい》りリンゴを当日便《とうじつびん》でお送《おく》りしました。ぜひ、ご賞味《しょうみ》ください♪
正義《せいぎ》とリンゴを愛《あい》するアップル・キングより

――というメッセージが表示《ひょうじ》されていた。

「にゅにゅ～、正義《せいぎ》とリンゴを愛《あい》する人《ひと》が書《か》いた文章《ぶんしょう》とは思《おも》えませんねえ」

メッセージを読《よ》んだP《ピー》・P《ピー》・ジュニアはため息《いき》をつく。

「……これはもしや、脅迫状《きょうはくじょう》でしょうか？」

と、アリス。

「こんなラブレターはこの世《よ》に存在《そんざい》しませんわよ！　ていうか、脅迫状《きょうはくじょう》ではなくって脅迫《きょうはく》メールでしょう!?」

リリカはアリスをにらんだ。

「アップル・キングと名乗《なの》る犯人《はんにん》は、どうやらあなたのことを『悪《あく》の社長《しゃちょう》』と呼《よ》んでいるようですが、そう呼《よ》ばれるような心当《こころあ》たりは？」

P《ピー》・P《ピー》・ジュニアは白雪《しらゆき》に質問《しつもん》する。

「ありません」

白雪《しらゆき》はきっぱりと答《こた》えた。

「警察《けいさつ》には連絡《れんらく》しましたか？」

「脅迫《きょうはく》メールが届《とど》いてすぐに、連絡《れんらく》しようとしたんですけど、副社長《ふくしゃちょう》の里奈《りな》さんに止《と》められました」

と、白雪《しらゆき》。

「里奈《りな》さんは私《わたし》にとっては義理《ぎり》の母《はは》でもある、優《やさ》しい人《ひと》です。その里奈《りな》さんが、警察《けいさつ》に知《し》らせて大《おお》げさなことになれば、会社《かいしゃ》の評判《ひょうばん》に傷《きず》がつくと」

「そのと～りですわ！」

バタン！

大《おお》きな音《おと》とともに勢《いきお》いよく扉《とびら》が開《ひら》かれ、また誰《だれ》かが探偵社《たんていしゃ》に踏《ふ》み込《こ》んできた。

白雪《しらゆき》よりもちょっと年上《としうえ》。高級《こうきゅう》そうなブラウスとロングスカートをまとい、ブランドもののバッグを手《て》にした女性《じょせい》である。

「白雪《しらゆき》さん、私《わたし》が心配《しんぱい》しているのは、会社《かいしゃ》よりあなたのことですわ！」

その女性《じょせい》はツカツカと白雪《しらゆき》に歩《あゆ》み寄《よ》ると、その手《て》を握《にぎ》った。

「この人《ひと》がもしかして？」

Ｐ《ピー》・Ｐ《ピー》・ジュニアは女性《じょせい》と白雪《しらゆき》を見比《みくら》べる。

「はい。里奈《りな》さんです」

白雪《しらゆき》は紹介《しょうかい》した。

「ついてらっしゃったんですか？」

P《ピー》・P《ピー》・ジュニアは目《め》を細《ほそ》めて里奈《りな》に聞《き》く。

「もちろんですわ！　大事《だいじ》な娘《むすめ》が困《こま》っているのに、放《ほう》っておけないでしょう⁉」

里奈《りな》はそう答《こた》えてから、涙《なみだ》をハンカチでぬぐいながら白雪《しらゆき》を見《み》つめる。

「私《わたし》はね、白雪《しらゆき》さん、あなたが会社《かいしゃ》のことで傷《きず》つくのに耐《た》えられないのよ！」

（この人《ひと》の方《ほう》が、白雪《しらゆき》さんより赤妃《あかひ》さんに似《に》ている気《き》が？）

アリスは思《おも》った。

もちろん、そんなことを言《い》えば怒《おこ》られるに決《き》まっているから、口《くち》には出《だ》さないけれど。

「ところで、アップル・キングが見本《みほん》に送《おく》ったという毒入《どくい》りリンゴは？」

と、P《ピー》・P《ピー》・ジュニア。

「脅迫《きょうはく》メールとほとんど同時《どうじ》に、私《わたし》の家《いえ》に届《とど》きました」

白雪《しらゆき》は言《い》った。

「……ほう、あなたのご自宅《じたく》に？」

Ｐ《ピー》・Ｐ《ピー》・ジュニアが、何《なに》か考《かんが》え込《こ》んだような表情《ひょうじょう》になる。

（ええっと？）

アリスもモヤッとしたものを感《かん》じたが、なかなか考《かんが》えがまとまらない。

アリスは抜群《ばつぐん》の推理力《すいりりょく》の持《も》ち主《ぬし》だが、考《かんが》えをまとめるのにかなりの時間《じかん》がかかる。

学校《がっこう》のテストでも、答《こた》えが半分《はんぶん》も書《か》ければ絶好調《ぜっこうちょう》。

名前《なまえ》しか書《か》けなかったことだって、結構《けっこう》あったりするのだ。

「送《おく》られてきたリンゴは、我《わ》が赤妃家《あかひけ》が世界《せかい》に誇《ほこ》る『赤妃《あかひ》スーパー科学研究所《かがくけんきゅうじょ》』に分析《ぶんせき》に回《まわ》しましたわ。その結果《けっか》がそろそろ――」

リリカがそう説明《せつめい》しながら、スマートフォンで研究所《けんきゅうじょ》からの報告《ほうこく》を確認《かくにん》する。

「リンゴには、ある薬品《やくひん》が注射《ちゅうしゃ》されていて、その薬品《やくひん》は自白剤《じはくざい》らしい――とのことですわね」

「自白剤《じはくざい》、とは？」

耳慣《みみな》れない言葉《ことば》に、アリスは聞《き》き返《かえ》した。

「わ、私《わたし》に聞《き》くんじゃありませんわ！」

声《こえ》を荒《あら》らげるリリカの視線《しせん》が泳《およ》ぐ。

「簡単《かんたん》に説明《せつめい》すると、嘘《うそ》がつけなくなるクスリです」

P《ピー》・P《ピー》・ジュニアがリリカに代《か》わって説明《せつめい》してくれた。

「嘘《うそ》がつけなくなる……。それって、そんなに悪《わる》いことでしょうか？」

アリスには、大騒《おおさわ》ぎするほどのことには思《おも》えない。

「考《かんが》えてもみてください」

P《ピー》・P《ピー》・ジュニアはヒレを左右《さゆう》に振《ふ》る。

「ここに今《いま》、サイズはブカブカ、色《いろ》はド派手《はで》、おまけに毛玉《けだま》だらけのニットを着《き》た怪盗赤《かいとうあか》ずきんが現《あらわ》れたとします。赤《あか》ずきんに『これ、似合《にあ》う？』と聞《き》かれたら、アリスはどう答《こた》えます？」

「……『似合《にあ》います』」

そう答《こた》えないとあとが怖《こわ》い。

「ところが～！」

Ｐ《ピー》・Ｐ《ピー》・ジュニアはパンッとテーブルをたたいた。

「自白剤入《じはくざいい》りのリンゴを食《た》べちゃったら、あなたはもうそんな見《み》え見《み》えのお世辞《せじ》は言《い》えません。あなたは『笑《わら》っちゃうぐらい似合《にあ》わない』と答《こた》えてしまうんですよ！　さらに！」

Ｐ《ピー》・Ｐ《ピー》・ジュニアは続《つづ》ける。

「あなたが宿題《しゅくだい》を忘《わす》れて、学校《がっこう》に行《い》ったとします。先生《せんせい》に『どうして忘《わす》れたの』と聞《き》かれても、『やったんですけど、持《も》ってくるのを忘《わす》れました』というゴマカシはも〜できません！　『難《むずか》しかったから、やるのあきらめちゃいました〜、てへ？』と答《こた》えてしまうんです！」

「何《なん》と……恐《おそ》ろしい」

ニットが似合《にあ》う、似合《にあ》わないはともかく、宿題《しゅくだい》の言《い》い訳《わけ》ができないのは大《おお》いに困《こま》る。

「さらにさらに！　ドラマや映画《えいが》のラブシーンでは、女優《じょゆう》さんが相手役《あいてやく》の人《ひと》に『愛《あい》してるわ』と言《い》えなくなり、通販番組《つうはんばんぐみ》の司会者《しかいしゃ》は、『本日《ほんじつ》、おバカな視聴者《しちょうしゃ》に押《お》しつける役《やく》に立《た》たないインチキ商品《しょうひん》は〜』などと、口《くち》をすべらせてしまうんです！」

「……これは一大事《いちだいじ》かも」

アリスもようやく、この自白剤《じはくざい》がどんなに危険《きけん》か理解《りかい》した。

「P様《ピーさま》、毒入《どくい》りのリンゴはもう、白瀬市中《しらせしじゅう》に出回《でまわ》ってしまっているかも知《し》れませんの。すべてを回収《かいしゅう》し、犯人《はんにん》を捕《つか》まえてくれますわよね!?」

リリカはP《ピー》・P《ピー》・ジュニアの肩《かた》――というか、だいたいそのあたり――をつかんで頼《たの》み込《こ》む。

「犯人捜《はんにんさが》しはともかく、リンゴの方《ほう》は会社《かいしゃ》が売《う》った先《さき》のリストがあるでしょう？　そのお店《みせ》に連絡《れんらく》して、売《う》るのをやめてもらえばいいのでは？」

P《ピー》・P《ピー》・ジュニアは白雪《しらゆき》を見《み》る。

「それが……アップル・キングはいつの間《ま》にか、リンゴの配達先《はいたつさき》の記録《きろく》を会社《かいしゃ》のコンピュータから消《け》していたんです」

白雪《しらゆき》が目《め》を伏《ふ》せる。

「そうそう！　記録《きろく》がまったく残《のこ》っていないのですわ！」

里奈《りな》も何度《なんど》も頷《うなず》いた。

「……なるほど、アップル・キングはコンピュータにもくわしい、ということですか」

Ｐ《ピー》・Ｐ《ピー》・ジュニアはまた考《かんが》え込《こ》み、少《すこ》ししてから尋《たず》ねる。

「輸入《ゆにゅう》したリンゴを保管《ほかん》してあった倉庫《そうこ》には、防犯《ぼうはん》カメラがあるはず。そのカメラの映像《えいぞう》は？」

「Ｐ様《ピーさま》なら、そうおっしゃるだろうと思《おも》って――」

リリカが得意《とくい》げな顔《かお》で、バッグからディスクを取《と》り出《だ》した。

「このディスクに、防犯《ぼうはん》カメラの映像《えいぞう》をコピーして参《まい》りましたわ」

「お見事《エクセレント》ですよ、リリカさん」

Ｐ《ピー》・Ｐ《ピー》・ジュニアはそれを手《て》に机《つくえ》の前《まえ》に行《い》き、パソコンにディスクを入《い》れる。

薄暗《うすぐら》い倉庫《そうこ》の中《なか》の様子《ようす》が映《うつ》し出《だ》されると、アリスはリリカと頬《ほお》を寄《よ》せ合《あ》うようにしてその画面《がめん》をのぞき込《こ》んだ。

「高速逆回転《こうそくぎゃくかいてん》～」

Ｐ《ピー》・Ｐ《ピー》・ジュニアはパソコンを操作《そうさ》して、映像《えいぞう》をさかのぼってゆく。

しばらくすると、怪《あや》しい人影《ひとかげ》が画面上《がめんじょう》に現《あらわ》れた。

時刻《じこく》は午前《ごぜん》２時《じ》。

画面《がめん》の右下《みぎした》に、そう表示《ひょうじ》されている。

「う……どうやらこれがアップル・キングのようですね」

映像《えいぞう》を停止《ていし》させ、アップにしたP《ピー》・P《ピー》・ジュニアの顔《かお》が強《こわ》ばる。

「奇人変人《きじんへんじん》さんです」

と、アリス。

リンゴのように真《ま》っ赤《か》な覆面《ふくめん》に、ピッチピチのタイツにマント。

その姿《すがた》は、まるでアメリカの昔《むかし》のコミックに出《で》てくるヒーローのようだ。

「少《すく》なくとも、昼間《ひるま》にこの格好《かっこう》で外《そと》を歩《ある》いていれば、10分《ぷん》もしないうちにパトカーがやってきますすね」

P《ピー》・P《ピー》・ジュニアはうなる。

アップル・キングらしきその人物《じんぶつ》は、怪《あや》しげなリンゴの箱《はこ》を運《はこ》び入《い》れると、防犯《ぼうはん》カメラに向《む》かってポーズを取《と》った。

（カメラに気《き》がついているのに……余裕《よゆう》です）

アリスはあきれて言葉《ことば》もない。

「しかし、アップル・キング、アップル・キングっと。どこかで聞《き》いたことがあるような気《き》がしますが――」

Ｐ《ピー》・Ｐ《ピー》・ジュニアはそうつぶやくと、いったんパソコンの画面《がめん》を切《き》り替《か》え、『ペンギン探偵社《たんていしゃ》』の犯罪者《はんざいしゃ》データベースを調《しら》べ始《はじ》める。

「うにょ、犯罪者《はんざいしゃ》リストに名前《なまえ》がありましたよ～。本名《ほんみょう》は星野林五郎《ほしのりんごろう》。あんな格好《かっこう》ですけど、日本人《にほんじん》ですね」

「ほほ～？」

アリスも、画面《がめん》に映《うつ》し出《だ》された記録《きろく》に目《め》を通《とお》す。

それによると、アップル・キングこと星野林五郎《ほしのりんごろう》は、何度《なんど》か脅迫事件《きょうはくじけん》で捕《つか》まっている。

しかし――。

(何《なに》かが……違《ちが》うような？)

今《いま》までにアップル・キングが起《お》こした脅迫事件《きょうはくじけん》は、果物嫌《くだものぎら》いな人《ひと》たちに、無理矢理《むりやり》リンゴを食《た》べさせようとしたものばかり。

今回《こんかい》とは、手口《てぐち》がぜんぜん違《ちが》うのだ。

「防犯《ぼうはん》カメラの映像《えいぞう》によると、アップル・キングが運び込《こ》んだリンゴの箱《はこ》は7つ。倉庫《そうこ》に行《い》って、リンゴを配達《はいたつ》のトラックに積《つ》み込《こ》んだ人《ひと》や、トラックのドライバーの方《かた》に話《はな》を聞《き》ければ――」

P《ピー》・P《ピー》・ジュニアがアリスの顔《かお》を見《み》る。

「毒《どく》リンゴの行《い》き先《さき》が分《わ》かるかも」

アリスは続《つづ》けた。

「ですね」

P《ピー》・P《ピー》・ジュニアは頷《うなず》くと、パソコンを消《け》して椅子《いす》から飛《と》び降《お》りた。

「アリス、倉庫《そうこ》で聞《き》き込《こ》みです」

「了解《りょうかい》です、ししょ～」

アリスたちはさっそく、倉庫《そうこ》へと向《む》かった。

「……で？」

スクーターでスノーホワイト社《しゃ》の倉庫前《そうこまえ》にやってきたP《ピー》・P《ピー》・ジュニアは、ムス～ッとした顔《かお》をアリスに向《む》けていた。

「で、とは？」

アリスは聞《き》き返《かえ》す。

「ピキ〜ッ！　何《なん》でここに、探偵《たんてい》シュヴァリエがいるのかと聞《き》いてるんですよ！」

P《ピー》・P《ピー》・ジュニアはヒレを琉生《るい》に向《む》けて、ピョンピョンと飛《と》び跳《は》ねた。

「捜査《そうさ》に手助《てだす》けが必要《ひつよう》かと」

アリスはここに来《く》る途中《とちゅう》で、琉生《るい》と計太《けいた》にメッセージを送《おく》り、わざわざ来《き》てもらったのだ。

「シュヴァリエなんかいなくたって、私《わたし》たちだけで解決《かいけつ》できますよ〜！」

P《ピー》・P《ピー》・ジュニアは、琉生《るい》に向《む》かってあっかんべ〜をする。

「会社《かいしゃ》の販売《はんばい》データが消《け》されたんなら、僕《ぼく》の出番《でばん》じゃないですか？」

タブレット端末《たんまつ》を手《て》にした計太《けいた》が胸《むね》を張《は》った。

「およ？　もしや、消《け》された記録《きろく》を復元《ふくげん》できたり？」

P《ピー》・P《ピー》・ジュニアは計太《けいた》に期待《きたい》の目《め》を向《む》ける。

「もちろん！　……でも、ちょっと時間《じかん》が」

計太《けいた》は頭《あたま》をかいた。

「配達《はいたつ》されたリンゴが店頭《てんとう》に並《なら》ぶのは、だいたい10時《じ》。今《いま》からデータを復元《ふくげん》して手《て》がかりを見《み》つけるには、間《ま》に合《あ》いそうもないか。となると――」

琉生《るい》が考《かんが》え込《こ》むように、こぶしを口元《くちもと》に当《あ》てる。

と、そこに。

「P様《ピーさま》、庶民《しょみん》アリス！　どうやらこの方《かた》のようですわ！　リンゴを積《つ》んだトラックを運転《うんてん》していらっしゃったのは！」

運送会社《うんそうがいしゃ》の制服《せいふく》を着《き》た青年《せいねん》を連《つ》れて、リリカと白雪《しらゆき》たちが現《あらわ》れた。

「あの……」

面食《めんく》らった顔《かお》をしている青年《せいねん》に、アリスは尋《たず》ねる。

「リンゴをどこに配《くば》ったか、覚《おぼ》えてますか？」

「そりゃあ、だいたい毎回《まいかい》、配達《はいたつ》で回《まわ》るとこは同《おな》じだから」

青年《せいねん》は頭《あたま》をかくと、琉生《るい》が渡《わた》した地図《ちず》に回《まわ》った場所《ばしょ》の印《しるし》を付《つ》けていく。

「ここと……ここ、それにここだね」

「高級青果店《こうきゅうせいかてん》やフルーツ・パーラー、洋菓子店《ようがしてん》、全部《ぜんぶ》で回《まわ》った場所《ばしょ》は26ヶ所《しょ》ですね？」

青年《せいねん》が印《しるし》を付《つ》け終《お》わると、計太《けいた》が確認《かくにん》した。

「これで全部《ぜんぶ》だよ」

青年《せいねん》は頷《うなず》く。

「では、さっそく電話《でんわ》をして――」

と、白雪《しらゆき》がスマートフォンを取《と》り出《だ》そうとすると。

「い、いけませんわ！」

里奈《りな》があわてて止《と》めに入《はい》った。

「毒入《どくい》りリンゴが配達《はいたつ》されていない店《みせ》もあるのでしょう？　関係《かんけい》のないお店《みせ》まで、不安《ふあん》にさせることはありませんわよ！」

「でも、お母様《かあさま》」

「いいえ！　ダメです！　絶対《ぜったい》にダメです！」

里奈《りな》は白雪《しらゆき》の意見《いけん》を聞《き》き入《い》れようとはしない。

「大《おお》ごとになれば、警察《けいさつ》が出《で》てきて白雪《しらゆき》さんがあれこれ聞《き》かれることになるかも！　そうなったら私《わたし》、可哀想《かわいそう》で可哀想《かわいそう》で！　……あっ、もう耐《た》えきれない！」

里奈《りな》は崩《くず》れ落《お》ちそうになる。

「うにゅ〜、仕方《しかた》ありませんね。まだ時間《じかん》はあります。私《わたし》たちが直接《ちょくせつ》、配達先《はいたつさき》の店《みせ》を回《まわ》りましょう。それでまずはリンゴを売《う》るのを止《と》めてもらい、自白剤《じはくざい》が入《はい》っているかどうかはあとで調《しら》べるということで」

P《ピー》・P《ピー》・ジュニアが白雪《しらゆき》と里奈《りな》の間《あいだ》に入《はい》った。

「全部《ぜんぶ》を回《まわ》るには、手分《てわ》けしないと無理《むり》だね」

琉生《るい》はP《ピー》・P《ピー》・ジュニアの背中《せなか》をポンとたたく。

「僕《ぼく》らがいてよかったんじゃない、ペンギン君《くん》？」

「うぎゅぎゅぎゅぎゅ〜！」

P《ピー》・P《ピー》・ジュニアは——鳥《とり》だから歯《は》はないけど——歯《は》ぎしりした。

「でもまだ人数《にんずう》が足《た》りませんよ。もっと人手《ひとで》が必要《ひつよう》じゃ？」

計太《けいた》がみんなを見渡《みわた》す。

「それじゃ、この人《ひと》にっと」

P《ピー》・P《ピー》・ジュニアは背中《せなか》のアザラシ形《がた》のリュックからスマートフォンを出《だ》すと、アドレス帳《ちょう》にある番号《ばんごう》にかけた。

『で、私《わたし》に？』

P《ピー》・P《ピー》・ジュニアが電話《でんわ》をかけて事件《じけん》の説明《せつめい》をすると、冬吹刑事《ふぶきけいじ》はすごく眠《ねむ》そうな声《こえ》で答《こた》えた。

『勘弁《かんべん》してよ〜、今日《きょう》は非番《ひばん》だから、たまってるDVD《ディーブイディー》見《み》ようと思《おも》ったのに』

「非番《ひばん》だから頼《たの》んだんです。警察《けいさつ》が本格的《ほんかくてき》に動《うご》くと、騒《さわ》ぎになりますからね」

P《ピー》・P《ピー》・ジュニアは告《つ》げた。

『行《い》きたくな〜い』

「おや〜？　そんなこと言《い》っていいんですか？　あなた、この私《わたし》にいくつか借《か》りがあるでしょう？」

と、ちょっと意地悪《いじわる》そうになるP《ピー》・P《ピー》・ジュニア。

『んなもんないわよ！』

「この間《あいだ》、あなたが振《ふ》られた時《とき》に、話《はなし》を聞《き》いてなぐさめてあげたじゃないですか？」

『ちょっ！　い、今《いま》ここでその話持《はなしも》ち出《だ》すの⁉』

「確《たし》か〜、お相手《あいて》の名前《なまえ》は――」

『行《い》く！　すぐに行《い》くから、誰《だれ》にもその話《はなし》するんじゃないわよ！』

電話《でんわ》は乱暴《らんぼう》に切《き》られた。

30分後《ぷんご》。

「どのリンゴが毒入《どくい》りか分《わ》かりませんから、とりあえず全部《ぜんぶ》のお店《みせ》に注意《ちゅうい》しに回《まわ》りますよ」

冬吹刑事《ふぶきけいじ》が到着《とうちゃく》すると、Ｐ《ピー》・Ｐ《ピー》・ジュニアはみんなに向《む》かって告《つ》げた。

「か、会社《かいしゃ》の評判《ひょうばん》が〜」

里奈《りな》が頭《あたま》を抱《かか》え込《こ》む。

「じゃあ、僕《ぼく》と計太《けいた》が市《し》の東側《ひがしがわ》の店《みせ》を回《まわ》り、白雪《しらゆき》さんと赤妃《あかひ》さんは西側《にしがわ》、南《みなみ》は冬吹刑事《ふぶきけいじ》と里奈《りな》さん、北《きた》はペンギン君《くん》と夕星《ゆうずつ》さんが回《まわ》って店《みせ》にリンゴを売《う》らないように注意《ちゅうい》する。それでいいかな？」

琉生《るい》は一同《いちどう》の前《まえ》で市内《しない》の地図《ちず》を広《ひろ》げた。

「ちょ、ちょ、ちょっと！　何《なん》で探偵《たんてい》シュヴァリエが決《き》めるんです⁉　これは私《わたし》の事件《じけん》ですよ〜⁉」

Ｐ《ピー》・Ｐ《ピー》・ジュニアは、もともと丸《まる》い頬《ほ》っぺたをさらにふくらませる。

「ししょ〜、時間《じかん》が」

アリスは倉庫《そうこ》の正面《しょうめん》にある時計《とけい》を指《ゆび》さした。

現在《げんざい》、午前《ごぜん》９時《じ》。

リンゴが配達《はいたつ》された店《みせ》のほとんどが、１時間後《じかんご》には開《あ》くはずだ。

「……うう、仕方《しかた》ないですね」

Ｐ《ピー》・Ｐ《ピー》・ジュニアはあきらめ、アリスと一緒《いっしょ》にスクーターに乗《の》る。

「私《わたし》たちは犯人《はんにん》のアップル・キングも捕《つか》まえなくてはいけませんからね。さっそく始《はじ》めますよ〜」

「了解《りょうかい》、ししょ〜」

スタートしたスクーターは、まっすぐに市《し》の北《きた》へと向《む》かった。

「分《わ》かりました。この箱《はこ》のリンゴを、店《みせ》に並《なら》べなければいいんですね？」

青果店《せいかてん》の店員《てんいん》さんは、アリスたちがリンゴのことを説明《せつめい》するとすぐに納得《なっとく》してくれた。

「あとで『スノーホワイト』の人《ひと》が箱《はこ》を取《と》りに来《き》ますので、よろしくお願《ねが》いしますね」

「お願《ねが》いします」

P《ピー》・P《ピー》・ジュニアとアリスは、店員《てんいん》さんに頭《あたま》を下《さ》げると、お店《みせ》を出《で》たところで地図《ちず》を広《ひろ》げた。

「これで3軒目《けんめ》。次《つぎ》は……ケーキ屋《や》さんです」

「もうリンゴは、アップルパイやジャムになってるかも知《し》れませんね」

「またはタルトやパウンド・ケーキ」

P《ピー》・P《ピー》・ジュニアの言葉《ことば》に、アリスは付《つ》け加《くわ》える。

確《たし》かに洋菓子店《ようがしてん》ならば、開店時間《かいてんじかん》のだいぶ前《まえ》からお菓子《かし》を作《つく》り始《はじ》めているはずである。

「急《いそ》がないといけませんよ、アリス」

「了解《りょうかい》です、ししょ〜」

と、スクーターで次《つぎ》の店《みせ》を目指《めざ》そうとしたその時《とき》。

「……あ」

アリスのスマートフォンから、琉生《るい》からの着信《ちゃくしん》を告《つ》げる音《おと》がした。

アリスは急《いそ》いで、スマートフォンをポシェットから取《と》り出《だ》す。

『夕星《ゆうずつ》さん！』

琉生《るい》にしては珍《めずら》しく、焦《あせ》った声《こえ》である。

『君《きみ》の受《う》け持《も》ち地域《ちいき》に、「ゴージャス・フルーツ」ってお店《みせ》があるよね⁉』

「……ええっと…………はい」

アリスはちょうど手《て》にしていた地図《ちず》で確《たし》かめる。

白瀬駅《しらせえき》のコンコースを抜《ぬ》けたちょっと先《さき》、スクーターを使《つか》えば、ここから数分《すうふん》のところにある輸入《ゆにゅう》フルーツ専門店《せんもんてん》だ。

『計太《けいた》が市内《しない》の青果店《せいかてん》のことをいろいろ調《しら》べてて、ついさっき気《き》づいたんだ！　その店《みせ》で今日《きょう》、グルメ番組《ばんぐみ》の撮影《さつえい》があるらしい！　開店時間《かいてんじかん》の前《まえ》に撮影《さつえい》するみたいだから、そっちにすぐ向《む》かってくれないか！』

「わ、分《わ》かりまちた！」

アリスも焦《あせ》り、噛《か》んでしまった。

ともかく、Ｐ《ピー》・Ｐ《ピー》・ジュニアとアリスは、ゴージャス・フルーツへと急《いそ》ぐことにした。

「今日《きょう》は、白瀬市《しらせし》にオープンしたばかりの輸入《ゆにゅう》フルーツ専門店《せんもんてん》『ゴージャス・フルーツ』にお邪魔《じゃま》しています」

アリスたちがゴージャス・フルーツに到着《とうちゃく》すると、番組《ばんぐみ》の収録《しゅうろく》はすでに始《はじ》まっていた。

カメラに向《む》かい、笑顔《えがお》でリポーターを務《つと》めているのは、東京《とうきょう》のＴＶ《テレビ》局《きょく》『フリージング・チャンネル』の瑞野明璃《みずのあかり》アナウンサー。

Ｐ《ピー》・Ｐ《ピー》・ジュニアが大好《だいす》きな、人気女性《にんきじょせい》アナウンサーだ。

「うむ！　この世界一《せかいいち》の舌《した》を持《も》つ轟大福《とどろきだいふく》が、この店《みせ》で売《う》っておる産地直送《さんちちょくそう》フルーツの味見《あじみ》をしてしんぜよう！」

明璃《あかり》の隣《となり》で和服姿《わふくすがた》でふんぞり返《かえ》っているのは、有名《ゆうめい》な料理評論家《りょうりひょうろんか》の轟大福《とどろきだいふく》。

アリスたちは前《まえ》に、この人《ひと》が襲《おそ》われそうになったところを助《たす》けたことがある。

「轟先生《とどろきせんせい》、楽《たの》しみですね」

明璃《あかり》が轟大福《とどろきだいふく》にマイクを向《む》けた。

「ふふふ。果《は》たしてこのリンゴ、天下《てんか》の轟大福《とどろきだいふく》の舌《した》を満足《まんぞく》させることができるかのう？」

天下《てんか》の轟大福《とどろきだいふく》は、あごに手《て》を当《あ》てて豪快《ごうかい》に笑《わら》う。

と、次《つぎ》の瞬間《しゅんかん》。

「待《ま》ってくださ〜い！」

P《ピー》・P《ピー》・ジュニアとアリスは、カメラの前《まえ》に飛《と》び出《だ》していた。

「この天下《てんか》の料理評論家《りょうりひょうろんか》、轟大福《とどろきだいふく》の人気番組《にんきばんぐみ》『がははは、グルメ散歩《さんぽ》』に堂々乱入《どうどうらんにゅう》するとは、貴様《きさま》ら、何者《なにもの》だ〜っ!?」

天下《てんか》の轟大福《とどろきだいふく》が、ひとりと1羽《わ》に大声《おおごえ》で怒鳴《どな》る。

「何者《なにもの》だ〜って、覚《おぼ》えてないんですか？」

「前《まえ》に助《たす》けてあげたのに……」

P《ピー》・P《ピー》・ジュニアとアリスは顔《かお》を見合《みあ》わせる。

「はて、前《まえ》に？　……………………おおおおおっ、そうであった！　確《たし》か、ええっと、アリの巣君《すくん》とペ～ペ～フィギュア君《くん》だったな！　君《きみ》たちのことは一瞬《いっしゅん》たりとも忘《わす》れておらんぞ、いや、ほんっっとに忘《わす》れてないから！」

完全《かんぜん》に忘《わす》れていた顔《かお》で、天下《てんか》の轟大福《とどろきだいふく》は冷《ひ》や汗《あせ》を浮《う》かべる。

（『アリの巣《す》』とまで言《い》われたのは初《はじ》めてで……かなり落《お》ち込《こ》む）

アリスは肩《かた》を落《お》とした。

「突《つ》っ込《こ》む気《き》さえ起《お》こりませんね……って、そんなことを言《い》っている場合《ばあい》じゃありません！　明璃《あかり》さん、リンゴ、リンゴはどこです⁉」

「リンゴ？」

P《ピー》・P《ピー》・ジュニアの言葉《ことば》に、明璃《あかり》は戸惑《とまど》う。

「リンゴならここにあるわい！　産地直送《さんちちょくそう》、カリフォ～ニャの香《かお》り！　この芳醇《ほうじゅん》な甘《あま》みとまろやかな酸味《さんみ》は、生《なま》でよし、バターとシナモンで焼《や》いてもよし！」

天下《てんか》の轟大福《とどろきだいふく》はまたもや大声《おおごえ》を張《は》り上《あ》げると、リンゴの箱《はこ》を開《ひら》いてひとつ取《と》り出《だ》す。

「あ」

「……あ」

P《ピー》・P《ピー》・ジュニアとアリスの目《め》の前《まえ》で、天下《てんか》の轟大福《とどろきだいふく》はリンゴをカプッとかじった。

「轟《とどろき》さん……そのリンゴ、たぶん毒入《どくい》りです」

と、アリス。

「へ？　毒《どく》？」

天下《てんか》の轟大福《とどろきだいふく》は固《かた》まった。

「毒《どく》です」

アリスはくり返《かえ》す。

「轟大福《とどろきだいふく》、一生《いっしょう》の不覚《ふかく》！」

天下《てんか》の轟大福《とどろきだいふく》は、ガクッとその場《ば》にひざを突《つ》き、大声《おおごえ》で泣《な》き出《だ》した。

「もうダメだ〜っ！　天下《てんか》の食通《しょくつう》、轟大福《とどろきだいふく》、ここに倒《たお》れる！　日本《にっぽん》にとって、いや、世界《せかい》にとって何《なん》たる損失《そんしつ》か〜っ！」

「いや、別《べつ》に命《いのち》に別状《べつじょう》ありませんよ」

P《ピー》・P《ピー》・ジュニアが告《つ》げる。

「……はい？」

「ただ、嘘《うそ》がつけなくなるだけです」

「それなら大安心《だいあんしん》！」

天下《てんか》の轟大福《とどろきだいふく》は、ケロッと立《た》ち直《なお》った。

「なぜならこの天下《てんか》の轟大福《とどろきだいふく》！　この世《よ》にオギャアと生《う》まれてからウン十年《じゅうねん》、一度《いちど》たりとも嘘《うそ》を……う、嘘《うそ》を……」

「……どうやら、薬《くすり》が効《き》いてきたようですね」

Ｐ《ピー》・Ｐ《ピー》・ジュニアはアリスに耳打《みみう》ちする。

「嘘《うそ》をついたこと、大《おお》アリだ～！」

天下《てんか》の轟大福《とどろきだいふく》はカメラに向《む》かって宣言《せんげん》した。

「だいたい、グルメ番組《ばんぐみ》なんぞ、嘘《うそ》ば～っか！　たいして美味《うま》くもない料理《りょうり》に、感心《かんしん》したような顔《かお》してほめまくる！　でも、それがこの我《わ》が輩《はい》の商売《しょうばい》だから、しょうがないよね！」

「……カメラ、こっちに」

明璃《あかり》が撮影《さつえい》のスタッフに合図《あいず》して、Ｐ《ピー》・Ｐ《ピー》・ジュニアにマイクを向《む》ける。

「P《ピー》・P《ピー》・ジュニアさん、これはどういうことですか？」

「実《じつ》はですね～、明璃《あかり》さん。な、な、何《なん》と！　市内《しない》に出回《でまわ》っているリンゴに、毒《どく》が入《い》れられているかも知《し》れないんですよ！」

「それは大事件《だいじけん》ですね」

「はい！　犯人《はんにん》はアップル・キングと名乗《なの》る怪人《かいじん》です！」

あこがれの明璃《あかり》にインタビューされたものだから、P《ピー》・P《ピー》・ジュニアは調子《ちょうし》に乗《の》って何《なに》から何《なに》までしゃべってしまった。

「しょ～、目立《めだ》たないようにするはずが……」

アリスは思《おも》わず崩《くず》れ落《お》ちる。

と、その時《とき》。

(ほえ？)

アリスは撮影《さつえい》を見学《けんがく》する人《ひと》たちの中《なか》に、ひときわ背《せ》の高《たか》い男《おとこ》の人《ひと》がいることを発見《はっけん》した。

サングラスをかけてはいるが、防犯《ぼうはん》カメラに写《うつ》っていたへんてこな格好《かっこう》の犯人《はんにん》、アップル・キングとまったく同《おな》じ衣装《いしょう》をまとっている。

つまり——。

①アップル・キング本人《ほんにん》がここにいる。

②アリスの知《し》らないところで、あのコスチュームが密《ひそ》かに流行《はや》っている。

——の、どちらかである。

アリスは迷《まよ》わず①だと思《おも》い、明璃《あかり》としゃべっているＰ《ピー》・Ｐ《ピー》・ジュニアの背中《せなか》を指《ゆび》で突《つ》ついた。

「……ししょ〜、あれ」

Ｐ《ピー》・Ｐ《ピー》・ジュニアが振《ふ》り向《む》くと、アリスはさりげなくアップル・キングらしき男《おとこ》の方《ほう》を視線《しせん》で示《しめ》す。

「むにゅっ！」

明璃《あかり》を見《み》てデレ〜ッとしていたＰ《ピー》・Ｐ《ピー》・ジュニアの顔《かお》が、とたんにキリッと引《ひ》き締《し》まった。

「明璃《あかり》さん、あいつを撮影《さつえい》してください」

P《ピー》・P《ピー》・ジュニアは小声《こごえ》で明璃《あかり》に頼《たの》み込《こ》むと、スマートフォンでみんなに連絡《れんらく》しながら、さりげなく男《おとこ》の右《みぎ》へと回《まわ》り込《こ》む。

（あなたはあっちへ）

P《ピー》・P《ピー》・ジュニアはヒレを振《ふ》って、アリスに左《ひだり》へ回《まわ》るように合図《あいず》した。

（はい、ししょ〜）

ひとりと1羽《わ》は気《き》づかれぬよう、そっと男《おとこ》に近《ちか》づいてゆく。

そして——。

「あなたがアップル・キングですね！」

あと1メートルのところまで近寄《ちかよ》ったP《ピー》・P《ピー》・ジュニアが、いきなりヒレをビシッと男《おとこ》に突《つ》きつけた。

「おおっ、よく分《わ》かったな！　やはり、この私《わたし》からは隠《かく》しきれない正義《せいぎ》のフルーツ・オーラが出《で》ているということか！」

アップル・キングはサングラスを外《はず》して胸《むね》を張《は》った。

「その格好《かっこう》で、分《わ》かるなという方《ほう》が無理《むり》ですよ！」

P《ピー》・P《ピー》・ジュニアは思《おも》わず突《つ》っ込《こ》んでしまう。

「同感《どうかん》です」

アリスも大《おお》きく頷《うなず》いた。

「そう、この私《わたし》こそ！　正義《せいぎ》とリンゴの未来《みらい》を守《まも》るため、遠《とお》いコーカサスの山《やま》の向《む》こうからやってきた、万有引力《ばんゆういんりょく》ヒーロー！　ビタミン、ミネラル、ポリフェノールたっぷりの、アップル・キ〜ング！」

アップル・キングはポーズを取《と》り、キラリと白《しろ》い歯《は》を見《み》せる。

「大胆《だいたん》な犯人《はんにん》ですね。ここに姿《すがた》を見《み》せるとは、自分《じぶん》の犯行《はんこう》の結果《けっか》を見《み》たかったということですか〜？」

P《ピー》・P《ピー》・ジュニアは聞《き》いた。

冬吹刑事《ふぶきけいじ》たちがこちらに来《く》るまで、アップル・キングを逃《に》がさないための時間稼《じかんかせ》ぎだ。

「いや！　たまたま朝《あさ》の散歩《さんぽ》で通《とお》りかかっただけだ！」

アップル・キングは首《くび》を横《よこ》に振《ふ》る。

「朝《あさ》の散歩《さんぽ》は体《からだ》にいい！　そして、リンゴも体《からだ》にいい！　リンゴと散歩《さんぽ》はお友《とも》だちだ！」

「………朝《あさ》の散歩《さんぽ》で、その格好《かっこう》」

アリスは頭痛《ずつう》を覚《おぼ》える。

「そ、それはともかく、リンゴを愛《あい》するあなたが、どうしてリンゴに毒《どく》を入《い》れるようなことをするんです⁉」

P《ピー》・P《ピー》・ジュニアは詰《つ》め寄《よ》った。

「質問《しつもん》に答《こた》えよう！」

アップル・キングはポーズを変《か》えた。

「スノーホワイトが会社《かいしゃ》の儲《もう》けのために、質《しつ》の悪《わる》い、有害《ゆうがい》な農薬《のうやく》をたっぷり使《つか》ったリンゴを売《う》ろうとしているからだ！　私《わたし》は無農薬《むのうやく》、有機栽培《ゆうきさいばい》の体《からだ》に優《やさ》し〜いリンゴをこよなく愛《あい》する正義《せいぎ》の味方《みかた》！　だから、そんなリンゴがこの国《くに》に出回《でまわ》る前《まえ》に、スノーホワイトのリンゴが危険《きけん》だと訴《うった》えようとしたのだ！　とはいえ！」

アップル・キングはグッと右《みぎ》の親指《おやゆび》を立《た》て、天下《てんか》の轟大福《とどろきだいふく》にウインクする。

「私《わたし》がリンゴに注射《ちゅうしゃ》した自白剤《じはくざい》ショウジキニナールZ《ゼット》は、毒《どく》といっても健康《けんこう》に害《がい》はない！

安心《あんしん》するがいい！」

「安心《あんしん》できるかあああああ〜！」

アップル・キングと同《おな》じぐらい大《おお》きな声《こえ》で、轟大福《とどろきだいふく》が怒鳴《どな》る。

「いい機会《きかい》だ！　これからは心《こころ》を入《い》れ替《か》えて、正直《しょうじき》に生《い》きたまえ！」

「正直《しょうじき》だろうが、掃除機《そうじき》だろうが知《し》ったことか！」

「わっ、何《なに》をする!?　許《ゆる》さんぞ！」

「このこのこのっ！」

「むうっ！　仕方《しかた》ない、反撃《はんげき》だ〜っ！」

アップル・キングと轟大福《とどろきだいふく》は、大人《おとな》げないつかみ合《あ》いを始《はじ》めた。

(ふたりとも騒々《そうぞう》しいです)

と、耳《みみ》をふさぐアリス。

そうこうしているうちに、琉生《るい》や冬吹刑事《ふぶきけいじ》、リリカや白雪《しらゆき》たちが集《あつ》まってきた。

「むっ！　囲《かこ》まれたか!?　卑怯《ひきょう》な奴《やつ》らめ！」

アップル・キングは轟大福《とどろきだいふく》から手《て》を離《はな》し、一同《いちどう》を見回《みまわ》す。

「毒入《どくい》りリンゴをまきちらして、関係《かんけい》ない人《ひと》を巻《ま》き込《こ》もうとするあなたに言《い》われたくありませんわ！」

リリカが腰《こし》に手《て》を当《あ》ててアップル・キングをにらんだ。

「自白剤《じはくざい》が注射《ちゅうしゃ》されたリンゴは、僕《ぼく》たちがみんな見《み》つけました。あなたの負《ま》けですよ」

計太《けいた》が告《つ》げる。

「逮捕《たいほ》する！」

「逃《に》がしませんよ！」

冬吹刑事《ふぶきけいじ》とP《ピー》・P《ピー》・ジュニアが前《まえ》に出《で》る。

「そうはいくか！　紅玉《こうぎょく》フライング・ハイジャンプ・キ〜ック！」

アップル・キングは、P《ピー》・P《ピー》・ジュニアに飛《と》び蹴《げ》りを食《く》らわそうとした。

「なんの！　ペンギン・スーパー氷山《ひょうざん》ジャンプ！」

P《ピー》・P《ピー》・ジュニアは、ピョ〜ンと跳《と》んで見事《みごと》にこれをかわす。

「『吊された男《ザ・ハングド・マン》』！」

琉生《るい》がベルトのカードケースから1枚《まい》のタロット・カードを引《ひ》き抜《ぬ》き、アップル・キングめがけて投《な》げつけた。

カードは回転《かいてん》しながら飛《と》ぶと、空中《くうちゅう》で1本《ぽん》のロープに変化《へんか》して、アップル・キングの足《あし》に絡《から》みつく。

「お？　おおおおおっ⁉」

アップル・キングはバランスを崩《くず》し、ベチャッと転《ころ》んだ。

「これまでだ！」

琉生《るい》はすかさず、アップル・キングの背中《せなか》に回《まわ》って腕《うで》をねじ上《あ》げる。

「にょにょにょにょ〜っ！　おのれ探偵《たんてい》シュヴァリエ、またまた自分《じぶん》だけ格好《かっこう》いいところを見《み》せつけましたね！」

P《ピー》・P《ピー》・ジュニアはくやしさのあまり、ペタタタタタタタタ〜ッと地団太《じだんだ》を踏《ふ》んだ。

「むむむっ！　悪人《あくにん》どもの手《て》に落《お》ちるとは！」

アップル・キングは残念《ざんねん》そうに頭《あたま》を振《ふ》る。

「悪人《あくにん》って言《い》うな！　あたしは刑事《けいじ》よ！」

冬吹刑事《ふぶきけいじ》が手錠《てじょう》を取《と》り出《だ》した。

「ともかく、犯人確保《はんにんかくほ》！　これで一件落着《いっけんらくちゃく》ね！」

しかし。

(本当《ほんとう》に？)

アリスには、これで終《お》わりだとは思《おも》えなかった。

犯人《はんにん》は捕《つか》まり、毒入《どくい》りリンゴの被害者《ひがいしゃ》も1名《めい》で済《す》んだ。

ふつうなら解決《かいけつ》のはずである。

(でもまだ何《なに》か……大切《たいせつ》なことを見落《みお》としている気《き》が)

納得《なっとく》できない点《てん》があると感《かん》じたアリスは、みんなから離《はな》れてポシェットから手鏡《てかがみ》を取《と》り出《だ》す。

「……鏡《ミラー》よ、鏡《ミラー》」

アリスの体《からだ》は、鏡《かがみ》の中《なか》へと吸《す》い込《こ》まれていった。

「アリス・リドル登場《エンター・アリス・リドル》」

アリスはいつものように、どっちが上《うえ》か下《した》かも分《わ》からない空間《くうかん》をふわりふわりと漂《ただよ》っていた。

(ゆっくり落《お》ち着《つ》いて……頭《あたま》の中《なか》を整理《せいり》しよう)

アリスは子供用《こどもよう》の木馬《もくば》が浮《う》いているのを見《み》つけると、その上《うえ》にちょこんと座《すわ》った。

「ちょっと恥《は》ずかしいかも」

すぐそばにはサボテンの植木鉢《うえきばち》も浮《う》いていたが、さすがにそっちに座《すわ》るのはやめておく。

(最初《さいしょ》から何《なに》かが変《へん》)

アリスは目《め》を閉《と》じて考《かんが》える。

脅迫《きょうはく》メール。

防犯《ぼうはん》カメラの映像《えいぞう》。

毒入《どくい》りリンゴの箱《はこ》。

いろいろなものが、アリスの頭《あたま》の中《なか》を駆《か》け巡《めぐ》る。

そして――。

「そっか」

アリスは立《た》ち上《あ》がる。

すべての謎《なぞ》は解《と》けた。

アリスは鏡《かがみ》を通《とお》って、ゴージャス・フルーツに戻《もど》ることにした。


「悪《わる》いのは私《わたし》ではな〜い！」

「ええい、ゴチャゴチャと！」

こちらの世界《せかい》に戻《もど》ると、冬吹刑事《ふぶきけいじ》が暴《あば》れるアップル・キングに手錠《てじょう》をかけようとしているところだった。

アリスが鏡《かがみ》の世界《せかい》に行《い》ってから、まだ1秒《びょう》も経《た》ってはいないようだ。

「待《ま》って」

アリスは冬吹刑事《ふぶきけいじ》を止《と》めた。

「アリス・リドル？　いつの間《ま》に？」

冬吹刑事《ふぶきけいじ》はアリスを振《ふ》り返《かえ》る。

「これ、農薬《のうやく》だらけの有害《ゆうがい》なリンゴに見《み》えます？　これもスノーホワイトのリンゴですけど」

アリスはリンゴ――店《みせ》に並《なら》んでいる、今日《きょう》運《はこ》ばれたのとは別《べつ》のリンゴ――をアップル・キングに差《さ》し出《だ》した。

「……見《み》えないな？」

アップル・キングは顔《かお》をしかめてリンゴを手《て》に取《と》ると、カプッとかじる。

「こ、こ、これは！」

アップル・キングの目《め》が丸《まる》くなった。

「農薬《のうやく》だらけどころか、甘《あま》み、酸味《さんみ》のバランスが取《と》れた、栄養《えいよう》たっぷり、最上級《さいじょうきゅう》のリンゴではないか～っ！　こ、この私《わたし》はだまされたということなのか⁉」

「スノーホワイトがひどいリンゴを売《う》っているって言《い》ったのは誰《だれ》？」

と、アリスは尋《たず》ねる。

そう。

アリスがずっと気《き》にかかっていたのは、アップル・キングが「スノーホワイトが質《しつ》の悪《わる》いリンゴを売《う》っている」という話《はなし》を誰《だれ》から聞《き》いたのか、ということなのだ。

「親切《しんせつ》なリンゴ・マニアの人《ひと》だ〜っ！」

アップル・キングはいちいちポーズを取《と》った。

「だから誰《だれ》ですのよ⁉」

リリカがイライラして問《と》いつめる。

「そう名乗《なの》る匿名《とくめい》のメールが来《き》たのだよ！」

アップル・キングはリリカの剣幕《けんまく》にちょっとたじろいだ。

「メールですか？　メールの発信元《はっしんもと》をたどるのって、なかなか面倒《めんどう》なんですよね」

朝《あさ》からず〜っとタブレット端末《たんまつ》をいじり、スノーホワイト社《しゃ》のデータを元《もと》に戻《もど》そうとしていた計太《けいた》が頭《あたま》をかく。

「発信元《はっしんもと》なら、分《わ》かります」

と、アリスが視線《しせん》を向《む》けたのは里奈《りな》だった。

「——あなた、ですよね？」

「じょ、冗談《じょうだん》はおよしなさい！　私《わたし》はスノーホワイトの副社長《ふくしゃちょう》で、白雪《しらゆき》さんの母《はは》ですのよ！」

里奈《りな》の声《こえ》が裏返《うらがえ》る。

「アップル・キングが嘘《うそ》をついているんです！　そうに決《き》まってるでしょう！」

「ど〜ですかねえ？」

P《ピー》・P《ピー》・P《ピー》・ジュニアが肩《かた》をすくめた。

「会社《かいしゃ》の取引《とりひき》のデータはふつう、厳重《げんじゅう》に守《まも》られていて、外部《がいぶ》からハッキングして消《け》すのは難《むずか》しいはず」

「P様《ピーさま》の言《い》うとおりですわ！　このアホっぽい怪人《かいじん》に、ハイキングは不可能《ふかのう》！」

リリカは大《おお》きく頷《うなず》いたが、あまりよく分《わ》からなかったのか、目《め》がちょっと泳《およ》いでいる。

「ハイキングじゃなくてハッキング。コンピュータの情報《じょうほう》を盗《ぬす》み見《み》たり、勝手《かって》に操作《そうさ》して変《か》えたりすることですよ」

計太《けいた》が訂正《ていせい》する。

「知《し》ってますわよ！　ちょっとしたジョークですわよ、ジョーク！」

「アップル・キングにそんな高度《こうど》な技《わざ》は無理《むり》だとしたら、データを消《け》したのは会社《かいしゃ》の人間《にんげん》だと見《み》るべきだね。そう、たとえばそこにいる里奈《りな》さんのような」

琉生《るい》が続《つづ》け、里奈《りな》に思《おも》わせぶりな視線《しせん》を投《な》げかけた。

「失礼《しつれい》な子供《こども》たちだな、君《きみ》らは！　見《み》た目《め》で機械《きかい》がダメなおじさんだって、決《き》めつけるんじゃな～い！」

アップル・キングは抗議《こうぎ》する。

「でも確《たし》かにあなた、メールを打《う》つのがせいぜいって感《かん》じですわよ」

リリカは容赦《ようしゃ》ない。

「うぐぐぐぐっ！　当《あ》たっているだけにくやしい！」

アップル・キングは涙目《なみだめ》になった。

と、その時《とき》。

「みんな！」

さっきからタブレット端末《たんまつ》を操作《そうさ》していた計太《けいた》が、アリスたちの注意《ちゅうい》を引《ひ》いた。

「やっと、会社《かいしゃ》のデータの復元《ふくげん》が終《お》わりましたよ！」

「ええええええっ⁉」

里奈《りな》が顔《かお》を強《こわ》ばらせて後《あと》ずさりする。

「面白《おもしろ》いことが分《わ》かりましたよ、P《ピー》・P《ピー》・ジュニアさん」

計太《けいた》はタブレットをP《ピー》・P《ピー》・ジュニアに渡《わた》した。

「……ほほう？」

P《ピー》・P《ピー》・ジュニアはデータに目《め》を通《とお》すと、里奈《りな》に向《む》かってニヤ〜ッと笑《わら》いかける。

「このデータによると里奈《りな》さん、あなた、会社《かいしゃ》のお金《かね》を勝手《かって》に使《つか》っていましたね」

「か、勝手《かって》に使《つか》ったなんて人聞《ひとぎ》きが悪《わる》いですわ。ちょっと黙《だま》って使《つか》っちゃっただけで」

指摘《してき》されて里奈《りな》は目《め》をそらす。

「毒入《どくい》りリンゴ事件《じけん》を起《お》こし、白雪《しらゆき》さんに事件《じけん》の責任《せきにん》を取《と》らせて辞《や》めさせれば、自分《じぶん》が社《しゃ》長《ちょう》になる。そうすれば、今《いま》までお金《かね》を盗《ぬす》んでいたことをごまかせる。そう思《おも》ったんでしょう？」

と、P《ピー》・P《ピー》・ジュニア。

「いったい何《なに》に使《つか》ったんですの？」

リリカがあきれたように尋《たず》ねる。

「そりゃあ、ファッションとか、コスメとか〜、エステに通《かよ》ったりとか〜」

里奈《りな》は指折《ゆびお》り数《かぞ》えた。

「……これは自白《じはく》？」

「あっさりと白状《はくじょう》しましたね」

アリスとＰ《ピー》・Ｐ《ピー》・ジュニアは、ちょっと拍子《ひょうし》抜《ぬ》けである。

「ふん！」

里奈《りな》は開《ひら》き直《なお》った。

「よく分《わ》かりましたわね！　さすがは名探偵《めいたんてい》といったところですの⁉」

「いや、バレバレでしたよ。そもそも、最初《さいしょ》の脅迫《きょうはく》メールが会社《かいしゃ》にではなく、白雪《しらゆき》さん個人《こじん》に届《とど》いた時点《じてん》で、身内《みうち》に犯人《はんにん》がいる可能性《かのうせい》は高《たか》かったんです。白雪《しらゆき》さんの個人的《こじんてき》なアドレスを知《し》る人間《にんげん》が、そんなにいるとは思《おも》えませんからね」

ふふんと得意《とくい》げなＰ《ピー》・Ｐ《ピー》・ジュニア。

「そうだね、証拠《しょうこ》が見《み》つからないだけで、怪《あや》しいことは最初《さいしょ》から分《わ》かっていた」

琉生《るい》も同意《どうい》する。

「あんたたちなんて、み〜んな大嫌《だいきら》いですわ！」

里奈《りな》はクルリとアリスたちに背中《せなか》を向《む》けると、全速力《ぜんそくりょく》で走《はし》り出《だ》した。

「待《ま》ちなさい！　逮捕《たいほ》よ、逮捕《たいほ》！」

冬吹刑事《ふぶきけいじ》がそのあとを追《お》う。

「任《まか》せておけ！　このアップル・キングをだますとは、全世界《ぜんせかい》のリンゴ愛好家《あいこうか》が許《ゆる》さんぞ！　食《く》らえ、ゴールデンデリシャス・パ〜ンチ！」

アップル・キングは足《あし》を縛《しば》られたままピョンピョン跳《は》ねていって里奈《りな》に飛《と》びかかり、こぶしを振《ふ》り下《お》ろした。

「捕《つか》まるもんですか、ですわ！」

里奈《りな》はさっと身《み》をかわす。

「とととととっ！」

空振《からぶ》りしたアップル・キングは冬吹刑事《ふぶきけいじ》にぶつかると、そのままふたり一緒《いっしょ》に近《ちか》くのゴミ箱《ばこ》に頭《あたま》から突《つ》っ込《こ》んだ。

「役《やく》に立《た》たないですね、アップル・キング！」

P《ピー》・P《ピー》・ジュニアはゴミ箱《ばこ》の横《よこ》を通《とお》り過《す》ぎて里奈《りな》を追《お》う。

「うむ！　その通《とお》りであるな！」

嘘《うそ》をつけなくなっている轟大福《とどろきだいふく》が大《おお》きく頷《うなず》く。

「誰《だれ》かあの女《おんな》を、赤妃家《あかひけ》の恥《はじ》を捕《つか》まえなさい！」

リリカが甲高《かんだか》い声《こえ》を上《あ》げる。

「……それでは」

アリスは身近《みぢか》にあったリンゴを手《て》に取《と》って、床《ゆか》に放《ほう》った。

リンゴはコロコロと里奈《りな》の足下《あしもと》まで転《ころ》がると——。

「痛《い》った〜い！」

里奈《りな》はそのリンゴに足《あし》をとられて、スッテ〜ンと尻餅《しりもち》をついた。

「脅迫《きょうはく》の容疑《ようぎ》で逮捕《たいほ》する！」

体中《からだじゅう》にゴミをつけた冬吹刑事《ふぶきけいじ》がやっと追《お》いつき、里奈《りな》の手首《てくび》に手錠《てじょう》をかける。

「やった！　大手柄《おおてがら》！」

冬吹刑事《ふぶきけいじ》は自慢《じまん》げだが、ゴミだらけなのであまり格好《かっこう》よくはなかった。

間《ま》もなく、冬吹刑事《ふぶきけいじ》が呼《よ》んだパトカーが来《き》て、里奈《りな》とアップル・キングを白瀬署《しらせしょ》に連《つ》れていった。

自白剤《じはくざい》を口《くち》にした天下《てんか》の轟大福《とどろきだいふく》もいちおう、検査《けんさ》のために病院《びょういん》に向《む》かい、みんながほっとひと息《いき》つく中《なか》。

「う～ん」

明璃《あかり》だけが浮《う》かぬ顔《かお》をしていた。

「どうしたんです、明璃《あかり》さん？」

P《ピー》・P《ピー》・ジュニアが明璃《あかり》を見上《みあ》げる。

「ええ、さっきからずっとカメラを回《まわ》してたけど」

明璃《あかり》はため息《いき》をついた。

「この映像《えいぞう》、旅《たび》グルメ番組《ばんぐみ》としては使《つか》えそうにないな～って」

「だったら、『ミステリー・プリンス』の方《ほう》で使《つか》えばいいじゃないですか？　探偵《たんてい》シュヴアリエが犯人《はんにん》を捕《つか》まえているシーンが映《うつ》っているはずですよ」

P《ピー》・P《ピー》・ジュニアは提案《ていあん》する。

「それ、いい考《かんが》え！」

大人気《だいにんき》推理《すいり》バラエティ『ミステリー・プリンス』も、同《おな》じTV局《テレビきょく》、フリージング・チャンネルの番組《ばんぐみ》である。

「ありがと、P《ピー》・P《ピー》・ジュニア！」

明璃《あかり》はさっそく、「ミステリー・プリンス」のプロデューサーに電話《でんわ》をかける。

「……しょ～、『ミステリー・プリンス』、嫌《きら》いでは？」

アリスはP《ピー》・P《ピー》・ジュニアにこっそりと尋《たず》ねた。

「この私《わたし》が明璃《あかり》さんと一緒《いっしょ》に映《うつ》ってるんですから、OK《オーケー》です。アリス、放送日《ほうそうび》を確認《かくにん》して、録画《ろくが》の準備《じゅんび》をしておいてくださいね～」

P《ピー》・P《ピー》・ジュニアの頰《ほお》は、もう完全《かんぜん》にゆるみきっている。

「やれやれです」

アリスは小《ちい》さくため息《いき》をついた。

それから数日後《すうじつご》。

ミステリー・プリンスで今回《こんかい》の事件《じけん》が取《と》り上《あ》げられ、探偵《たんてい》シュヴァリエが華麗《かれい》にアップル・キングを捕《つか》まえるシーンがお茶《ちゃ》の間《ま》に流《なが》れた。

だが、残念《ざんねん》なことに。

P《ピー》・P《ピー》・ジュニアが画面《がめん》に映《うつ》ったのは、ほんの数秒《すうびょう》だけ。

それもヒレの先《さき》っちょとか、水《みず》かきやお尻《しり》だけ、という感《かん》じだ。

「お、おにょれ、探偵《たんてい》シュヴァリエ！　許《ゆる》しませんよ～っ！」

こうして以前《いぜん》よりもも～っと探偵《たんてい》シュヴァリエのことが嫌《きら》いになったP《ピー》・P《ピー》・ジュニアは、クチバシをギリギリいわせながらTV《テレビ》のスイッチをブチッと切《き》るのであった。

ファイル・ナンバー2

アリババと空《そら》飛《と》ぶ絨毯《じゅうたん》

ここは太平洋《たいへいよう》に面《めん》した、とある海岸《かいがん》。

月《つき》の輝《かがや》く夜《よる》に1隻《せき》のオンボロな漁船《ぎょせん》が、白《しろ》い砂浜《すなはま》に乗《の》り上《あ》げていた。

まずひとり。

頭《あたま》にターバンを巻《ま》いたヒゲ面《づら》の男《おとこ》が、その漁船《ぎょせん》から降《お》りてくる。

続《つづ》けて、40人《にん》の男《おとこ》が同《おな》じように船《ふね》から飛《と》び降《お》り、ヒゲ面《づら》の男《おとこ》の前《まえ》に並《なら》んだ。

「がははははっ！　とうとうやってきたぜ！」

腰《こし》に手《て》を当《あ》てたヒゲ面《づら》の男《おとこ》は、そっくり返《かえ》って笑《わら》った。

「大変《たいへん》でしたねえ、親分《おやぶん》！　故郷《こきょう》を離《はな》れ、古《ふる》い漁船《ぎょせん》で波《なみ》に揺《ゆ》られて数《すう》ヶ月《げつ》、やっと、やっと日本《にっぽん》に着《つ》いたんですね〜！」

40人《にん》の子分《こぶん》らしき男《おとこ》たちのひとりが、日焼《ひや》けした腕《うで》で涙《なみだ》をぬぐう。

「おう！　これからあのアホを捜《さが》してお宝《たから》を奪《うば》う！　そうすりゃ、この俺様《おれさま》が新《あたら》しい国王《こくおう》だあああああっ！」

ヒゲ面《づら》の男《おとこ》は大《おお》きな声《こえ》で宣言《せんげん》した。

「へい、親分《おやぶん》！」

子分《こぶん》たちも声《こえ》をそろえる。

と、その時《とき》。

「あ〜、君《きみ》たち、ここで何《なに》をしてるんだね？」

誰《だれ》かがヒゲ面《づら》の男《おとこ》の肩《かた》を、チョンチョンと指《ゆび》で突《つ》っついた。

「はあ⁉　ばっきゃろう、決《き》まってるだろが⁉　これから王家《おうけ》のお宝《たから》を……って？」

振《ふ》り返《かえ》ったヒゲ面《づら》の男《おとこ》は、自分《じぶん》に声《こえ》をかけたのが警官《けいかん》であることに気《き》がついた。

「いやいやいや、別《べつ》に何《なん》でもないです！　警察《けいさつ》のお世話《せわ》になることなんて、ぜんぜん考《かんが》えてませんよ！　……ほんっと、ぜんぜん」

真《ま》っ青《さお》になったヒゲ面《づら》の男《おとこ》は、首《くび》と両手《りょうて》をブルブルと振《ふ》った。

「いかにも怪《あや》しいな」

制服《せいふく》の警官《けいかん》は無線《むせん》で警察署《けいさつしょ》と連絡《れんらく》を取《と》って、ヒゲ面《づら》の男《おとこ》の腕《うで》をつかむ。

「え？　あの、ちょっと？」

「いいから来《き》なさい」

数分《すうふん》のうちに、パトカーがサイレンを鳴《な》らしながら集《あつ》まってきた。

「そ、そんな〜！」

全部《ぜんぶ》で41人《にん》の怪《あや》しい男《おとこ》たちは警官《けいかん》に囲《かこ》まれ、警察署《けいさつしょ》に連《つ》れられていった。

それから数日《すうじつ》して——。

＊　＊　＊

「名探偵《めいたんてい》アリス君《くん》！　お願《ねが》いだ！　この僕《ぼく》の愛《あい》の事件《じけん》を解決《かいけつ》してくれたまえっ！」

昼休《ひるやす》みが終《お》わりに近《ちか》づいた頃《ころ》。

C組《シーぐみ》の教室《きょうしつ》に男《おとこ》の子《こ》が飛《と》び込《こ》んできて、いきなりアリスの手《て》を握《にぎ》った。

「……ど、どにゃた様《さま》？」

動揺《どうよう》したアリスは、噛《か》みながら尋《たず》ねる。

中東《ちゅうとう》あたりの出身《しゅっしん》なのかも知《し》れない。

男《おとこ》の子《こ》はくっきりとした目鼻立《めはなだ》ちで、頭《あたま》にはターバンを巻《ま》き、制服《せいふく》の上《うえ》に豪華《ごうか》なローブをまとっている。

アリスの記憶《きおく》が確《たし》かなら、初対面《しょたいめん》のはずだ。

「僕《ぼく》の名前《なまえ》を知《し》らない!? 何《なん》という悲劇《ひげき》！」

少年《しょうねん》はアリスの手《て》を離《はな》し、自分《じぶん》の胸《むね》に手《て》を当《あ》てながらガックリとひざを突《つ》いた。

「……ねえ、あれって？」

「確《たし》か、隣《となり》のクラスの――」

「もしかして、告白《こくはく》？」

「だよね～」

クラスメートたちは、遠巻《とおま》きにしながら、ヒソヒソとささやき合《あ》っている。

「では、改《あらた》めて名乗《なの》るとしよう！ 何《なに》を隠《かく》そう、僕《ぼく》こそが、かの暴夜騎士《あらびやないと》だ！」

男《おとこ》の子《こ》はローブをひるがえして立《た》ち上《あ》がると、自己紹介《じこしょうかい》した。

「…………はて？」

やっぱり聞《き》いたことがない——と、アリスは思《おも》う。

「ほら、隣《となり》のクラスに先週転校《せんしゅうてんこう》してきた、暴夜騎士《あらびやないと》！」

隣《となり》のクラスで、それも転校《てんこう》してきたばかりとあっては、アリスが知《し》るはずもない。

「故郷《こきょう》では王族《おうぞく》として慕《した》われる僕《ぼく》だが、気軽《きがる》に騎士様《ないとさま》と呼《よ》んでくれて構《かま》わないよ」

騎士《ないと》はキラッと白《しろ》い歯《は》を光《ひか》らせた。

「……つつしんでお断《ことわ》りしたいのですが？」

何《なん》だか、関《かか》わってはいけない人《ひと》のような気《き》がしてきた。

アリスは助《たす》けを求《もと》めるように、前《まえ》の席《せき》の響琉生《ひびきるい》を見《み》る。

「暴夜君《あらびやくん》だっけ、ちょっといいかな？」

それまで呆気《あっけ》に取《と》られていた琉生《るい》が、アリスと騎士《ないと》の間《あいだ》に割《わ》り込《こ》んだ。

「つまり、君《きみ》は探偵《たんてい》としての夕星《ゆうずつ》さんに、仕事《しごと》の依頼《いらい》をしたいのかい？」

(なるほど、そういうことだったとは)

どうやら告白《こくはく》ではないらしい。

アリスはようやく理解《りかい》した。

「そのと〜り！　ところで、僕《ぼく》の意図《いと》するところを見事《みごと》にまとめてくれた君《きみ》！　君《きみ》はもしかして、愛《あい》の狩人《かりゅうど》と呼《よ》ばれる響琉生君《ひびきるいくん》かい？」

「今《いま》まで、そんなあだ名《な》で呼《よ》ばれたことはないけどね」

たいていのことでは動《どう》じない琉生《るい》が、ほんの少《すこ》し眉《まゆ》をひそめる。

「よろしい！　この出会《であ》いも何《なに》かの運命《うんめい》！　恋《こい》の国《くに》から舞《ま》い降《お》りたエンジェルこと、響琉《ひびきる》生君《いくん》！　君《きみ》にも相談《そうだん》に乗《の》ることを許可《きょか》しよう！」

騎士《ないと》は琉生《るい》にウインクした。

「響君《ひびきくん》、エンジェルなので？」

アリスは琉生《るい》を見《み》つめる。

「だから違《ちが》うって」

琉生《るい》はため息《いき》をついた。

「とにかく、ここは愛《あい》を語《かた》るには騒々《そうぞう》しすぎる！　放課後《ほうかご》、僕《ぼく》が経営《けいえい》するアンティーク・ショップ『オアシス』に来《き》てくれたまえ！　そこで、僕《ぼく》の悩《なや》みごとを相談《そうだん》しよう！　では、その時《とき》までサラバだ！」

騎士《ないと》は言《い》いたいことだけ言《い》ってしまうと、さっさと教室《きょうしつ》を出《で》てゆく。

「……本人《ほんにん》が一番騒々《いちばんそうぞう》しかったね」

「いつの間《ま》にか、引《ひ》き受《う》けることになってしまっていて……落《お》ち込《こ》む」

ふうっと息《いき》をつく琉生《るい》を前《まえ》に、アリスは肩《かた》を落《お》とすのだった。


そして、放課後《ほうかご》。

「店《みせ》に来《こ》いって言《い》っておいて、住所《じゅうしょ》を教《おし》え忘《わす》れるなんて」

アリスと一緒《いっしょ》に駅前《えきまえ》のコンコースを歩《ある》きながら、琉生《るい》はあきれたようにつぶやいていた。

とはいえ、白瀬市内《しらせしない》にはアンティーク・ショップが何十軒《なんじっけん》もある訳《わけ》ではない。

捜《さが》すのはそう難《むずか》しくはなかった。

「別《べつ》にシュヴァリエは来《こ》なくてもいいんですよ〜」

P《ピー》・P《ピー》・ジュニアが琉生《るい》を見上《みあ》げ、ヒレを振《ふ》って追《お》い払《はら》う仕草《しぐさ》をする。

「あんな変《へん》な奴《やつ》のところに、夕星《ゆうずつ》さんをひとりでは行《い》かせられないよ」

琉生《るい》は心配《しんぱい》そうにアリスを見《み》た。

「だ〜か〜ら〜！　私《わたし》が一緒《いっしょ》に行《い》くからひとりじゃないでしょ！」

P《ピー》・P《ピー》・ジュニアは、水《みず》かきでペタタタタタタタタ〜ッと地面《じめん》を踏《ふ》んでから、ふと立《た》ち止《ど》まる。

「……と、あそこですね」

アリスたちの目《め》の前《まえ》に、ひびの入《はい》った壷《つぼ》や怪《あや》しげな像《ぞう》を並《なら》べた店《みせ》が現《あらわ》れた。

「アンティーク・ショップ『オアシス』……確《たし》かに」

アリスも看板《かんばん》を見上《みあ》げて頷《うなず》いた。

「何《なん》となく入《はい》りにくいけど――」

琉生《るい》が扉《とびら》を開《ひら》くと、ドア・チャイムがチリンチリンと鳴《な》る。

「……ごめんくださいです」

アリスは声《こえ》をかけ、ガラクタ――としか見《み》えない品々《しなじな》――が積《つ》み上《あ》げられた店内《てんない》をのぞき込《こ》んだ。

すると――。

何《なに》かが盛大《せいだい》に崩《くず》れ落《お》ちる音《おと》がして、店《みせ》の奥《おく》から騎士《ないと》が姿《すがた》を現《あらわ》した。

「よく来《き》たね、可愛《かわい》い真珠《しんじゅ》ちゃん、それに我《わ》が親友《しんゆう》よ！」

どうやら、「可愛《かわい》い真珠《しんじゅ》ちゃん」とはアリスのことのようである。

「いつから親友《しんゆう》になったんだ？」

琉生《るい》はいちおう聞《き》き返《かえ》してみる。

「そして、ええと……これは何《なん》のマスコット？」

ふたりに歓迎《かんげい》の笑《え》みを見《み》せた騎士《ないと》は、P《ピー》・P《ピー》・ジュニアに気《き》がつくと首《くび》を傾《かし》げた。

「ピキ〜ッ！　いくらキュートだからといって、マスコットとは失礼《しつれい》な！　私《わたし》はかの有名《ゆうめい》なP《ピー》・P《ピー》・ジュニアです！」

「おおっ！　世界《せかい》で5本《ほん》の指《ゆび》に入《はい》る名探偵《めいたんてい》！　君《きみ》にまで来《き》てもらえたとは心強《こころづよ》い！」

騎士《ないと》はしゃがみ込《こ》み、P《ピー》・P《ピー》・ジュニアのヒレを握《にぎ》ってブンブンと振《ふ》った。

「……悪《わる》い子《こ》じゃなさそうです」

P《ピー》・P《ピー》・ジュニアはあっさりと丸《まる》め込《こ》まれた。

「まあまあ、とにかく奥《おく》に」

騎士《ないと》はアリスたちを招《まね》き入《い》れる。

店《みせ》の奥《おく》には、何故《なぜ》かヒトコブラクダがいて、小《ち》さな木箱《きばこ》をくわえては積《つ》み上《あ》げている。

「彼《かれ》は忠実《ちゅうじつ》なる店員《てんいん》のハッサンだ」

騎士《ないと》はラクダを紹介《しょうかい》する。

「………………」

ハッサンは首《くび》を下《さ》げてP《ピー》・P《ピー》・ジュニアに顔《かお》を近《ちか》づけると、カポッとP《ピー》・P《ピー》・ジュニアのお腹《なか》にかぶりついた。

「たたたたたたたたあっ！　何《なに》をするんです！」

ヒレを振《ふ》り回《まわ》すP《ピー》・P《ピー》・ジュニア。

どうやら、ハッサンはP《ピー》・P《ピー》・ジュニアを餌《えさ》だと思《おも》ったようだ。

「ハッサン、食事《しょくじ》の時間《じかん》じゃないぞ」

騎士《ないと》がそう告《つ》げると、ハッサンはしぶしぶP《ピー》・P《ピー》・ジュニアを床《ゆか》に下《お》ろした。

「では改《あらた》めて――」

騎士《ないと》は咳払《せきばら》いをしてから続《つづ》ける。

「暴夜騎士《あらびやないと》のアンティーク・ショップ『オアシス』にようこそ！」

「あなた、中学生《ちゅうがくせい》でお店《みせ》を開《ひら》いているんですか？」

ハッサンのヨダレだらけになったお腹《なか》をハンカチで拭《ふ》きながら、P《ピー》・P《ピー》・ジュニアが質問《しつもん》した。

「ここで扱《あつか》ってるものは、ほとんど日本《にっぽん》の骨董品《こっとうひん》だね。中東《ちゅうとう》からの輸入品《ゆにゅうひん》も少《すこ》しはあるみたいだけど？」

店《みせ》の中《なか》をざっと見回《みまわ》した琉生《るい》も尋《たず》ねる。

アリスも「オアシス」という店名《てんめい》から、てっきり砂漠《さばく》の国《くに》のアンティークを扱《あつか》う店《みせ》だと思《おも》っていた。だが、並《なら》んでいるのは、鎧兜《よろいかぶと》や日本刀《にほんとう》から、茶碗《ちゃわん》に土瓶《どびん》、火鉢《ひばち》などで、外国《がいこく》のものはほとんどない。

「ふふふ、それには深《ふか》～い事情《じじょう》があるんだが、聞《き》きたいかい？」

騎士《ないと》は腰《こし》に手《て》を当《あ》てて、微笑《ほほえ》みを浮《う》かべた。

「別《べつ》に」

「今《いま》はいいです、その話《はなし》」

琉生《るい》もアリスも、首《くび》を横《よこ》に振《ふ》る。

「……お願《ねが》い、聞《き》いてください」

騎士《ないと》は、ふたりにすがりついた。

「では、手短《てみじか》にということで」

アリスは仕方《しかた》なくそう告《つ》げる。

「実《じつ》は！」

騎士《ないと》は胸《むね》に手《て》を当《あ》て、ポーズを取《と》った。

「パパの生《う》まれ故郷《こきょう》である日本《にっぽん》と、その古《ふる》き良《よ》き文化《ぶんか》！　それは、僕《ぼく》の幼《おさな》い頃《ころ》からのあこがれだったんだよ！」

ハッサンが壁《かべ》のスイッチを鼻《はな》で押《お》して、スポットライトを騎士《ないと》に当《あ》てる。

「どうせ、時代劇映画《じだいげきえいが》とか見《み》たんでしょ？」

と、Ｐ《ピー》・Ｐ《ピー》・ジュニア。

「な、な、何故分《なぜわ》かったんだい!?　この僕《ぼく》が『七人《しちにん》の侍《さむらい》』や『忍《しの》びの者《もの》』、『忠臣蔵《ちゅうしんぐら》』、『旗本退屈男《はたもとたいくつおとこ》』の大《だい》ファンだって!?　さすがは名探偵《めいたんてい》ということなのかい!?」

騎士《ないと》は目《め》を丸《まる》くする。

アリスは、古《ふる》い日本映画《にほんえいが》はあまり見《み》たことがないのだが、どれも有名《ゆうめい》な作品《さくひん》なのだろう。

「討《う》ち入《い》り、切腹《せっぷく》、合戦《かっせん》に打《う》ち首《くび》！　どれも日本《にっぽん》に来《く》れば、すぐに見《み》られるとワクワクしてたんだ！　ところが！」

騎士《ないと》はうなだれ、目頭《めがしら》を指《ゆび》で押《お》さえながらアリスに訴《うった》えた。

「来《き》てみると、サムライもゲイシャもニンジャもいな〜い！　これ、どういうこと!?」

「私《わたし》に言《い》われましても……」

アリスとしては、現代《げんだい》の日本《にっぽん》で切腹《せっぷく》や打《う》ち首《くび》がしょっちゅう見《み》られるようでは困《こま》りものである。

「そんなこんなで失望《しつぼう》した僕《ぼく》は、逆《ぎゃく》に日本人《にほんじん》に日本文化《にほんぶんか》のすばらしさを広《ひろ》めるために！　こうして骨董品店《こっとうひんてん》を開《ひら》いたんだよ！　まあ、開《ひら》くためのお金《かね》を出《だ》したのは、実家《じっか》のママだけどね」

「もしかして、お金持《かねも》ちさんですか？」

アリスは尋《たず》ねる。

「自慢《じまん》ではないが、そのと～り！　パパは日本人《にほんじん》だが、ママはアラビアの王家《おうけ》の出身《しゅっしん》なんだよ！　僕《ぼく》にはその高貴《こうき》な血《ち》が流《なが》れているのさ！」

騎士《ないと》は胸《むね》を張《は》った。

「で？　そのことと、あなたが抱《かか》え込《こ》んでいる問題《もんだい》と、どういうつながりがあるんです？

アリスから依頼《いらい》があると聞《き》いたんですが？」

P《ピー》・P《ピー》・ジュニアが、話《はなし》を仕事《しごと》のことに戻《もど》そうとする。

「関係《かんけい》はほとんどないよ！」

騎士《ないと》は言《い》い切《き》った。

「……さんざん、語《かた》っておいて」

アリスは崩《くず》れ落《お》ちそうになる。

「とにかく、続《つづ》けて」

琉生《るい》が先《さき》をうながした。

「実《じつ》は――」

騎士《ないと》は声《こえ》をひそめる。

「実《じつ》は？」

と、アリスたちが身《み》を乗《の》り出《だ》すと――。

「好《す》きになった子《こ》がいるんだけど、告白《こくはく》するの手伝《てつだ》って〜っ！」

騎士《ないと》はいきなり声《こえ》を張《は》り上《あ》げた。

「！」

ふたりと1羽《わ》は、思《おも》わずひっくり返《かえ》る。

平気《へいき》そうな顔《かお》をしているのは、ラクダのハッサンだけだ。

「耳《みみ》が……」

アリスは涙目《なみだめ》になる。

「それって、探偵《たんてい》の仕事《しごと》じゃないですよね!?」

P《ピー》・P《ピー》・ジュニアも、クチバシをパクパクと動《うご》かした。

「うん、違《ちが》うね」

琉生《るい》も同意《どうい》する。

「……帰《かえ》りますか？」

「……そうだね」

P《ピー》・P《ピー》・ジュニアと琉生《るい》は、ドアの方《ほう》に向《む》かいかけた。

もちろん、アリスもふたりに続《つづ》く。

「待《ま》って～！　見捨《みす》てないで～！」

騎士《ないと》はアリスにすがりつく。

「あ～、分《わ》かった、分《わ》かった！」

琉生《るい》は引《ひ》き返《かえ》してアリスから騎士《ないと》を引《ひ》きはがすと、疲《つか》れはてた顔《かお》で尋《たず》ねた。

「で、誰《だれ》が好《す》きなんだ？　うちのクラスの子《こ》？」

「いや……違《ちが》うんだ……あの……そのだね」

騎士《ないと》は人差《ひとさ》し指《ゆび》の先《さき》と先《さき》をくっつけて、モジモジする。

「今《いま》さら照《て》れられても」

さすがのアリスもあきれるしかない。

「……B組《ビーぐみ》の……し……しば……と……」

「もしかして椎葉塔子《しばとうこ》さん？」

琉生《るい》が先読《さきよ》みして言《い》った。

「お知《し》り合《あ》いで？」

アリスは琉生《るい》を振《ふ》り返《かえ》る。

「そうじゃないけど、B組《ビーぐみ》に『しば』さんって他《ほか》にいないから」

と、琉生《るい》。

「その通《とお》り！　しかし、他《ほか》のクラスの女《おんな》の子《こ》の名前《なまえ》までしっかり覚《おぼ》えているとは、さすが愛《あい》の狩人《かりゅうど》だね！」

騎士《ないと》は琉生《るい》に尊敬《そんけい》のまなざしを向《む》ける。

「別《べつ》に女《おんな》の子《こ》の名前《なまえ》だけ覚《おぼ》えてる訳《わけ》じゃない」

琉生《るい》はもう何《なに》を言《い》っても無駄《むだ》というような、悟《さと》りきった顔《かお》になった。

「これだけ大騒《おおさわ》ぎするくせに、相手《あいて》に告白《こくはく》する勇気《ゆうき》がないんですか〜？」

P《ピー》・P《ピー》・ジュニアは騎士《ないと》を見上《みあ》げる。

「そう！　僕《ぼく》はデリケートなハートの持《も》ち主《ぬし》なんだよ！　もし振《ふ》られでもしたら、僕《ぼく》のハートは粉々《こなごな》に砕《くだ》けてしまう！　そうなったら、も〜これは殺人事件《さつじんじけん》！　事件《じけん》を未然《みぜん》に防《ふせ》ぐために、名探偵《めいたんてい》にご登場願《とうじょうねが》いたいのさ！」

騎士《ないと》が振《ふ》り回《まわ》した腕《うで》が、積《つ》み重《かさ》ねてあった骨董品《こっとうひん》に当《あ》たり、骨董品《こっとうひん》の山《やま》がガラガラドッシャンと崩《くず》れて粉々《こなごな》に砕《くだ》けた。

「いいかい、騎士《ないと》？　自分《じぶん》の気持《きも》ちは、自分《じぶん》で伝《つた》えないと」

と、琉生《るい》が言《い》い聞《き》かせようとしたところで。

「お待《ま》ちください、響様《ひびきさま》〜っ！」

表《おもて》のドアが開《あ》いて、リリカが突然《とつぜん》、店《みせ》に入《はい》ってきた。

「赤妃《あかひ》さん、どうしてここに？」

アリスが首《くび》を傾《かし》げる。

「リリカ情報局《じょうほうきょく》（ＲＩＡ《アールアイエー》）の力《ちから》をなめないでいただきたいですわね！　響様《ひびきさま》と庶民《しょみん》アリスがこっそりと出《で》かけたというのに、この私《わたし》がついてこない訳《わけ》がないでしょう！　……おかげで今日《きょう》のドラマの収録《しゅうろく》はキャンセルですけど」

リリカは髪《かみ》をかき上《あ》げ、ふふんと鼻《はな》を鳴《な》らした。

ちなみに、リリカ情報局《じょうほうきょく》とは、リリカのために白瀬市《しらせし》のあらゆるところで情報《じょうほう》を集《あつ》めている組織《そしき》のことだ。

「また問題《もんだい》が複雑《ふくざつ》になったな」

琉生《るい》がつぶやく。

「愛《あい》のことなら、ハリウッドで何度《なんど》もラッヴスィィ〜ンを演《えん》じてきたこの私《わたし》にお任《まか》せですわ！」

「そうですね、じゃここは――」

P《ピー》・P《ピー》・ジュニアはまた店《みせ》から逃《に》げ出《だ》そうとする。

「そこを何《なん》とか〜！」

騎士《ないと》はパチンと指《ゆび》を鳴《な》らした。

すると、壺《つぼ》をくわえたラクダのハッサンが近《ちか》づいてきて、P《ピー》・P《ピー》・ジュニアと騎士《ないと》の間《あいだ》にその壺《つぼ》を置《お》いた。

壺《つぼ》の中《なか》に入《はい》っているのは、キラキラと輝《かがや》く金貨《きんか》である。

「このくらいで引《ひ》き受《う》けてくれるかな、名探偵君《めいたんていくん》？」

「うにゅ！　ここは私《わたし》の出番《でばん》のようですね！」

P《ピー》・P《ピー》・ジュニアは壷《つぼ》に抱《だ》きつくと、クチバシを勢《いきお》いよく上下《じょうげ》に振《ふ》った。

「で？　そもそも、椎葉《しば》さんとはどういう方《かた》なんですの？」

話《はなし》の途中《とちゅう》から入《はい》ってきたリリカが、改《あらた》めて騎士《ないと》に尋《たず》ねた。

「可愛《かわい》い子《こ》だよ！」

騎士《ないと》はうっとりした目《め》つきになる。

「にゅ〜、ぜんぜん説明《せつめい》になってませんね」

と、P《ピー》・P《ピー》・ジュニア。

「あと、まじめで、成績《せいせき》がよくて、明《あか》るくて——」

騎士《ないと》は指折《ゆびお》り数《かぞ》えて説明《せつめい》しながら、最後《さいご》に付《つ》け加《くわ》えた。

「——目《め》が見《み》えない」

「ああ。……そうか、彼女《かのじょ》が塔子《とうこ》さんか」

琉生《るい》が頷《うなず》く。

「何《なに》か、共通《きょうつう》のご趣味《しゅみ》とかありまして？」

リリカが尋《たず》ねた。

「さあ？」

「好《す》きな場所《ばしょ》などはご存《ぞん》じですの？」

「さあ？」

「好《す》きな音楽《おんがく》は？」

「さあ？」

「好《す》きな料理《りょうり》は？」

「さあ？」

「得意《とくい》な科目《かもく》は？」

「さあ？」

「では、好《す》きな映画女優《えいがじょゆう》とか？　たとえば、大《だい》スターの赤妃《あかひ》リリカの熱烈《ねつれつ》なファンだとかいう話《はなし》は？」

「さあ？」

「あなた！　その方《かた》のこと、ほとんど何《なに》も知《し》らないのではありませんこと!?」

「さあ？」

「同《おな》じクラスなら、話《はな》したことぐらいあるんだろう？」

今度《こんど》は琉生《るい》が確認《かくにん》する。

「もちろん、ない！　声《こえ》をかけられるくらいなら、アリス君《くん》に頼《たの》まないよ！」

騎士《ないと》は首《くび》を横《よこ》に振《ふ》った。

「ごもっともです」

アリスだって、人《ひと》に話《はな》しかけるのは苦手《にがて》である。

「ともかく！　ただ見《み》た目《め》が可愛《かわい》いというだけで好《す》きになるような男子《だんし》に、その子《こ》が心《こころ》を開《ひら》くとは思《おも》えませんわね！」

リリカは腕《うで》組《ぐ》みをしてそっぽを向《む》いた。

「ごもっともです」

アリスも同感《どうかん》だ。

「ほとんど話《はな》したこともない相手《あいて》にいきなり好《す》きって告白《こくはく》されても、ふつう、付《つ》き合《あ》わないんじゃ？」

と、琉生《るい》。

「ごもっともです」

またまたアリスは同感《どうかん》である。

「庶民《しょみん》。あなた、さっきから『ごもっともです』しかおっしゃってませんわよ？」

リリカが冷《ひ》ややかな目《め》を向《む》けた。

「……ごもっともです」

「そ、そんな～」

騎士《ないと》はガックリして、ハッサンにもたれかかる。

「まあ、とりあえずはその塔子《とうこ》さんに、騎士君《ないとくん》のことをどう思《おも》っているか聞《き》くことから始《はじ》めましょうか？」

P《ピー》・P《ピー》・ジュニアは金貨《きんか》の壷《つぼ》を抱《だ》いたまま、騎士《ないと》の肩《かた》にそっと手《て》を置《お》くのだった。


そして、次《つぎ》の日《ひ》。

2限目《げんめ》と3限目《げんめ》の間《あいだ》の休《やす》み時間《じかん》になって。

アリスとリリカは、B組《ビーぐみ》の教室《きょうしつ》に来《き》ていた。

琉生《るい》は今回《こんかい》は別行動《べっこうどう》。

彼《かれ》が別《べつ》のクラスに行《い》くと、女《おんな》の子《こ》が騒《さわ》ぎ出《だ》すからだ。

「椎葉《しば》さんというのはどなたですの？」

教室《きょうしつ》から出《で》てこようとする女《おんな》の子《こ》に、リリカが声《こえ》をかける。

「あの子《こ》だよ」

女《おんな》の子《こ》は後《うし》ろの出口近《でぐちちか》くの席《せき》を指《ゆび》さした。

アリスがそちらに目《め》をやると、犬《いぬ》——ラブラドール・レトリバー——を横《よこ》に座《すわ》らせている女《おんな》の子《こ》がいた。

教室《きょうしつ》に犬《いぬ》がいて、誰《だれ》も驚《おどろ》かないとすれば、それは目《め》の見《み》えない人《ひと》の手助《てだす》けをする盲導犬《もうどうけん》だろう。

机《つくえ》のそばには、白《しろ》い杖《つえ》も置《お》いてある。

(つまりあの子《こ》が塔子《とうこ》さん)

アリスたちは女《おんな》の子《こ》に近《ちか》づき、声《こえ》をかける。

「初《はじ》めまして」

と、アリス。

「な、何《なん》だか間《ま》の抜《ぬ》けた挨拶《あいさつ》ですこと」

その隣《となり》で、リリカがため息《いき》をついた。

「はい？」

女《おんな》の子《こ》はアリスの声《こえ》に反応《はんのう》し、顔《かお》をこちらに向《む》ける。

「椎葉《しば》さんでしょうか？」

「ええ」

アリスが聞《き》くと、女《おんな》の子《こ》は笑顔《えがお》を返《かえ》した。

騎士《ないと》が好《す》きになるのも無理《むり》はないと思《おも》わせる、すてきな笑顔《えがお》である。

「あの、隣《となり》のクラスの者《もの》ですが……つかぬことをおうかがいしても？」

質問《しつもん》しようとしたアリスは、窓際《まどぎわ》の席《せき》に座《すわ》っている騎士《ないと》から、やたらと期待《きたい》のこもった視線《しせん》を感《かん》じた。

(……何《なん》となく、やりにくいです)

「ああっと、あなたにお話《はなし》がありますの。今日《きょう》の午後《ごご》、お時間《じかん》よろしいかしら？」

リリカも同《おな》じように思《おも》ったのか、騎士《ないと》をにらみ返《かえ》してから塔子《とうこ》に尋《たず》ねる。

「図書委員《としょいいん》の活動《かつどう》があるから、そのあとなら」

塔子《とうこ》はアリスたちを怪《あや》しむことなく答《こた》えた。

「…………」

「…………」

アリスとリリカは顔《かお》を見合《みあ》わせる。

(暴夜《あらびや》さんにはもったいなさすぎる、素直《すなお》ないい子《こ》ですわね？)

リリカの目《め》は、そう語《かた》っていた。

(まったくもって)

頷《うなず》いたアリスも同感《どうかん》だった。


そして放課後《ほうかご》。

アリスとリリカは琉生《るい》と合流《ごうりゅう》して、図書室《としょしつ》の前《まえ》で塔子《とうこ》を待《ま》った。

「お待《ま》たせ。ごめんなさいね。他校《たこう》から点字《てんじ》の本《ほん》を何冊《なんさつ》か借《か》りたいって連絡《れんらく》があって、その手続《てつづ》きをしていたの」

20分《ぷん》ほどして現《あらわ》れた塔子《とうこ》は一同《いちどう》に説明《せつめい》した。

点字《てんじ》というのは、小《ちい》さな6つの盛《も》り上《あ》がった点《てん》の集《あつ》まりで文字《もじ》や記号《きごう》を示《しめ》すものだ。

「私《わたし》たちがここに立《た》っていたのが、よく分《わ》かりましたわね？」

と、リリカ。

「話《はな》してるのが聞《き》こえたし。あと、この子《こ》がね、教《おし》えてくれるの」

塔子《とうこ》は軽《かる》くかがむと、盲導犬《もうどうけん》の頭《あたま》に手《て》を置《お》いた。

「名前《なまえ》はトビイ。大切《たいせつ》なお友《とも》だちだよ」

トビイは澄《す》ました顔《かお》で塔子《とうこ》に寄《よ》り添《そ》っている。

「赤妃《あかひ》さんと夕星《ゆうずつ》さん、それに響君《ひびきくん》。トビイがどうぞよろしくって」

「僕《ぼく》たちのこと、知《し》ってたのかい？」

琉生《るい》がちょっと驚《おどろ》いたような顔《かお》を見《み》せる。

「映画《えいが》スターに、探偵《たんてい》さんたち。有名人《ゆうめいじん》ですもの」

塔子《とうこ》はクスリと笑《わら》った。

「それに、響君《ひびきくん》とは生徒会《せいとかい》で一緒《いっしょ》だし、夕星《ゆうずつ》さんとは図書委員会《としょいいんかい》で一緒《いっしょ》でしょ？」

「何《なん》と」

本人《ほんにん》はコロッと忘《わす》れていたが、アリスは図書委員《としょいいん》だった。

「で、私《わたし》にどんなご用《よう》？」

塔子《とうこ》は改《あらた》めて尋《たず》ねる。

「突然《とつぜん》ですけど、あなた、付《つ》き合《あ》ってる方《かた》とか、いらっしゃるかしら？」

いきなりそう聞《き》いたのはリリカだった。

「本当《ほんとう》に突然《とつぜん》だけど――」

塔子《とうこ》は噴《ふ》き出《だ》しそうになりながら答《こた》える。

「今《いま》は……うん、特《とく》にいないかな？」

「どんなタイプが好《す》きとか、ありまして？　たとえば、秀才《しゅうさい》タイプとか、スポーツ万能《ばんのう》タイプ、またはすべての面《めん》で完璧《かんぺき》なタイプ？」

「それは、実際《じっさい》に付《つ》き合《あ》ってみないと、分《わ》からないと思《おも》うなあ」

「最初《さいしょ》のデートで行《い》きたい場所《ばしょ》は？　映画《えいが》と遊園地《ゆうえんち》、どちらがよろしいかしら？」

「映画館《えいがかん》。音《おと》と台詞《せりふ》だけでもけっこう、映画《えいが》って楽《たの》しめるのよ」

「海《うみ》と山《やま》なら？」

「断然《だんぜん》、海《うみ》ね。私《わたし》、サーフィンうまいんだから」

「……こういうことは、僕《ぼく》らより赤妃《あかひ》さんの方《ほう》が向《む》いているかもね」

ふたりのやりとりを聞《き》きながら、琉生《るい》が苦笑《くしょう》してアリスにささやいた。

「まったくです」

アリスもささやき返《かえ》す。

「で、あなたと付《つ》き合《あ》いたいという方《かた》がいるのですけど」

リリカはいろいろ質問《しつもん》を続《つづ》けた上《うえ》で最後《さいご》に聞《き》いた。

「デートしてみる気《き》はありませんかしら？」

「あの？　……それってC組《シーぐみ》の人《ひと》？」

塔子《とうこ》は半分驚《はんぶんおどろ》き、半分当惑《はんぶんとうわく》の表情《ひょうじょう》を浮《う》かべて尋《たず》ね返《かえ》した。

「B組《ビーぐみ》の方《かた》ですわ」

と、リリカ。

「具体的《ぐたいてき》に言《い》うと、暴夜騎士《あらびやないと》という、何《なん》の取《と》り柄《え》もなさそうな男子《だんし》ですの」

ドゴガッ！

何《なに》かがひっくり返《かえ》る音《おと》がした。

どこかで隠《かく》れて盗《ぬす》み聞《ぎ》きしていた騎士《ないと》が、コケた音《おと》だろう。

「ああ、転校生《てんこうせい》の。あまりよく知《し》らないけど」

塔子《とうこ》はつぶやいた。

「別《べつ》に嫌《いや》ならいいんだよ。無理《むり》にとは言《い》わない」

琉生《るい》が塔子《とうこ》を気《き》づかう。

「そうね……」

塔子《とうこ》はちょっと考《かんが》え込《こ》んでから答《こた》えた。

「1回《かい》ぐらいならいいかな？」

「おお？」

意外《いがい》な展開《てんかい》である。

読書週間
xxx ～ xxx
燃えないゴミ

アリスもまさか、OK《オーケー》の回答《かいとう》が来《く》るとは想像《そうぞう》もしていなかったのだ。

「じゃあ、ちょっと待《ま》ってて」

琉生《るい》が、こそこそとこっちをうかがっていた騎士《ないと》を無理矢理《むりやり》引《ひ》っ張《ぱ》ってくる。

「ほら、あとは自分《じぶん》で誘《さそ》うんだ」

琉生《るい》は塔子《とうこ》の前《まえ》に騎士《ないと》を立《た》たせた。

「あ、あ、あの椎葉《しば》さん！　明日《あした》、い、い、い、一緒《いっしょ》に〜！　い、一緒《いっしょ》にぃ〜！」

騎士《ないと》は真《ま》っ赤《か》になり、言葉《ことば》が続《つづ》かなくなる。

アリスに声《こえ》をかけてきた時《とき》の態度《たいど》とは、えらい違《ちが》いである。

「ええっと、待《ま》ち合《あ》わせの場所《ばしょ》は、駅前《えきまえ》の広場《ひろば》でいいのかな？」

結局《けっきょく》、琉生《るい》が助《たす》け船《ぶね》を出《だ》すように騎士《ないと》に確認《かくにん》した。

「し、白瀬駅前《しらせえきまえ》の広場《ひろば》で〜っ！」

騎士《ないと》は何《なん》とか声《こえ》を絞《しぼ》り出《だ》す。

「時間《じかん》は２時《じ》？」

「ご、ご、午前《ごぜん》２時《じ》！　じゃなかった午後《ごご》２時《じ》！」

「――でいい？」

琉生《るい》は塔子《とうこ》に聞《き》いた。

「はい」

おかしくてしょうがないという顔《かお》で、頷《うなず》く塔子《とうこ》。

「ほ、ほんとに⁉　本当《ほんとう》の、ほんとに⁉」

騎士《ないと》の顔《かお》がパッと輝《かがや》く。

「はい」

塔子《とうこ》はもう一度《いちど》頷《うなず》いた。

騎士《ないと》は信《しん》じられないのか、自分《じぶん》の頬《ほ》っぺたをムギュッとつねってみる。

「……痛《いた》い」

当然《とうぜん》である。

「じゃあ、これ、片《かた》づけてくる」

琉生《るい》はアリスたちにそう告《つ》げると、どこかに騎士《ないと》を引《ひ》っ張《ぱ》ってゆく。

「な、何《なん》だか、大変《たいへん》なことを押《お》しつけてしまったようですわね？」

リリカが珍《めずら》しく、済《す》まなそうに塔子《とうこ》に声《こえ》をかける。

「ううん。新《あたら》しい友《とも》だちを作《つく》るのは楽《たの》しいから」

塔子《とうこ》は頭《あたま》を振《ふ》った。

(椎葉《しば》さん、非《ひ》の打《う》ち所《どころ》がありません)

アリスはチラッと見習《みなら》いたいと思《おも》ったものの――。

(確実《かくじつ》に無理《むり》そうなので……かなり落《お》ち込《こ》む)

と、肩《かた》を落《お》とすのであった。


さて、翌日《よくじつ》の午後《ごご》。

塔子《とうこ》は白《しろ》いブラウスとひざ丈《たけ》のタイトスカート、それにピンクのカーディガンという姿《すがた》で駅前広場《えきまえひろば》のベンチで待《ま》っていた。

もちろん、その横《よこ》にはトビイの姿《すがた》もある。

そして。

「……なかなか来《こ》ないです」

「来《き》ませんわね」

アリスとリリカはポプラの木《き》の陰《かげ》から、こっそりと塔子《とうこ》の様子《ようす》をうかがっていた。

「それにしても、椎葉塔子《しばとうこ》さん、なかなかのファッションセンスですこと！　まあ、白瀬《しらせ》市《し》ではトップ3に入《はい》るレベルですわね！」

双眼鏡《そうがんきょう》で塔子《とうこ》を見《み》ながら、リリカはうなる。

「……ちなみに、1番《ばん》は？」

「愚問《ぐもん》ですわね、庶民《しょみん》アリス！　ダントツのトップ、この私《わたし》に決《き》まっているでしょう！」

確《たし》かに、聞《き》くまでもなかった。

「ちなみに、私《わたし》は？」

「あなたの場合《ばあい》、ファッションと呼《よ》ぶこと自体《じたい》がためらわれますわね」

リリカは心底《しんそこ》、哀《あわ》れむような表情《ひょうじょう》を浮《う》かべた。

(かなり……落《お》ち込《こ》む)

と、アリスがず～んと肩《かた》を落《お》としたところに。

「お待《ま》たせ」

騎士《ないと》のデートの準備《じゅんび》を手伝《てつだ》っていた琉生《るい》が、ふたりの前《まえ》に姿《すがた》を現《あらわ》した。

もちろん、塔子《とうこ》には気《き》づかれないようにである。

「暴夜君《あらびやくん》は？」

アリスは尋《たず》ねた。

「今《いま》、向《む》かってる。ハッサンに乗《の》ってこようとしたから、さすがに止《と》めてきたよ」

と、肩《かた》をすくめる琉生《るい》。

「スケジュールは僕《ぼく》が立《た》てたし、まあ、何《なん》とかなるとは思《おも》うけど」

「まったく、世話《せわ》がかかりますわね！」

リリカは眉間《みけん》にしわを寄《よ》せる。

するとそこに。

「椎葉《しば》さん」

騎士《ないと》がやってきて、塔子《とうこ》の前《まえ》に立《た》った。

「待《ま》たせて済《す》まない」

「そんなには待《ま》ってないから」

塔子《とうこ》がベンチから立《た》ち上《あ》がると、騎士《ないと》は背中《せなか》に隠《かく》し持《も》っていた1輪《りん》の花《はな》を差《さ》し出《だ》して塔《とう》子《こ》の手《て》に握《にぎ》らせた。

「……薔薇《ばら》ね」

花《はな》を顔《かお》に近《ちか》づけ、塔子《とうこ》は微笑《ほほえ》む。

「ふれあい広場《ひろば》でこれからコンサートがあるんだけど」

騎士《ないと》はおずおずと尋《たず》ねた。

「うん、行《い》こう」

塔子《とうこ》がそう答《こた》えると、騎士《ないと》は塔子《とうこ》の腕《うで》をそっと握《にぎ》り、一緒《いっしょ》に駅前広場《えきまえひろば》をあとにした。

「あとは騎士次第《ないとしだい》だな」

ふたりの背中《せなか》を見送《みおく》って、琉生《るい》はホッとひと安心《あんしん》の表情《ひょうじょう》を浮《う》かべる。

しかし。

「さあ、行《い》きますわよ！」

リリカが木陰《こかげ》から飛《と》び出《だ》した。

「赤妃《あかひ》さん、どこへ？」

「決《き》まってますでしょ!? あのふたりのあとをつけるんですわよ！ ここまで努力《どりょく》したんですから、結果《けっか》を知《し》りたいと思《おも》うのは当然《とうぜん》でしょう？」

「……響君《ひびきくん》、ここは」

「そうだね」

アリスと琉生《るい》は頷《うなず》き合《あ》うと、リリカの両腕《りょううで》をつかんだ。

「な、何《なに》をなさいますの!? 響様《ひびきさま》、庶民《しょみん》〜っ！」

抗議《こうぎ》するリリカを引《ひ》きずりながら、そっとその場《ば》を去《さ》るアリスと琉生《るい》だった。

一方《いっぽう》。

ふれあい広場《ひろば》行《い》きのバスに乗《の》るため、騎士《ないと》と塔子《とうこ》がバス停《てい》に向《む》かおうとしていると、不意《ふい》にふたりの前《まえ》にヒゲ面《づら》の男《おとこ》が現《あらわ》れた。

「おい、お前《まえ》ら！」

「へい、親分《おやぶん》！」

ヒゲ面《づら》の男《おとこ》の声《こえ》で40人《にん》ほどの男《おとこ》たちが駆《か》け寄《よ》ってきて、騎士《ないと》と塔子《とうこ》を囲《かこ》む。

「な、何《なん》だ、君《きみ》たちは⁉」

騎士《ないと》は足《あし》を止《と》めて男《おとこ》たちを見回《みまわ》した。

「暴夜君《あらびやくん》？」

気配《けはい》を察《さっ》した塔子《とうこ》が不安《ふあん》そうに騎士《ないと》の手《て》を握《にぎ》る。

「やれ」

ヒゲ面《づら》の男《おとこ》は命令《めいれい》した。

「へい、親分《おやぶん》！」

40人《にん》が一斉《いっせい》に騎士《ないと》たちに襲《おそ》いかかる。

「わっ！」

「きゃっ！」

誰《だれ》かに助《たす》けを求《もと》めることさえできず、騎士《ないと》と塔子《とうこ》は黒《くろ》い布《ぬの》を頭《あたま》にかぶせられ、抱《かか》え上《あ》げられた。

黒《くろ》い布《ぬの》には何《なに》か薬《くすり》が染《し》み込《こ》ませてあったのか、騎士《ないと》たちの意識《いしき》はふっと遠《とお》くなる。

ふたりが連《つ》れ去《さ》られたあとには、白《しろ》い杖《つえ》だけが残《のこ》されていた。

「ここは？」

気《き》がつくと、騎士《ないと》は見知《みし》らぬ部屋《へや》に転《ころ》がされていた。

部屋《へや》というか、使《つか》われていない工場《こうじょう》のような場所《ばしょ》だ。

「大丈夫《だいじょうぶ》？」

先《さき》に目《め》を覚《さ》ましていた塔子《とうこ》が、気《き》づかうように声《こえ》をかける。

ふたりとも縛《しば》られていて、身動《みうご》きがとれない。

しばらくすると、子分《こぶん》らしき連中《れんちゅう》とともに、さっきのヒゲ面《づら》の男《おとこ》が現《あらわ》れた。

「わりいな、お嬢《じょう》ちゃん、巻《ま》き込《こ》んじまって」

ヒゲ面《づら》の男《おとこ》は、塔子《とうこ》に向《む》かって言《い》う。

「トビイは!?　トビイはどこ!?」

「犬《いぬ》コロなら、ほらよ」

子分《こぶん》が連《つ》れていたトビイが塔子《とうこ》に駆《か》け寄《よ》った。

「……怪我《けが》はない？」

塔子《とうこ》が話《はな》しかけると、トビイはク〜ンと鳴《な》いた。

「私《わたし》たちをどうするの？」

塔子《とうこ》は、ヒゲ面《づら》の男《おとこ》の方《ほう》に顔《かお》を向《む》ける。

「安心《あんしん》しろ、とって食《く》おうってんじゃねえ。ただな、そっちの坊《ぼう》やの持《も》ち物《もの》に、ちょいと興味《きょうみ》あるのさ」

ヒゲ面《づら》の男《おとこ》が見《み》たのは騎士《ないと》だった。

「貴様《きさま》ら、何者《なにもの》だ⁉」

騎士《ないと》がヒゲ面《づら》の男《おとこ》をにらむ。

「教《おし》えてやろう、俺《おれ》たちはＡＢＢ41《エービービーフォーティーワン》だ」

ヒゲ面《づら》の男《おとこ》はニヤリと笑《わら》う。

「ＡＢＢ41《エービービーフォーティーワン》？」

と、塔子《とうこ》。

「このアリババ様《さま》と〜」

ヒゲ面《づら》の男《おとこ》が名乗《なの》り――。

「俺《おれ》たち40人《にん》の盗賊《とうぞく》のことでさあ！」

子分《こぶん》たちが声《こえ》をそろえた。

「まあ、日本《にっぽん》に来《き》た初日《しょにち》に警察《けいさつ》に捕《つか》まっちまったのは計算外《けいさんがい》だったが、警察《けいさつ》どもめ、この俺《おれ》たちが有名《ゆうめい》なＡＢＢ41《エービービーフォーティーワン》だとは気《き》づかなかったようでな」

「ただの酔《よ》っぱらいの集《あつ》まりだと思《おも》われて、朝《あさ》には釈放《しゃくほう》されましたよねえ」

子分《こぶん》のひとりがため息《いき》をつく。

「で、こうやってお前《まえ》をとっ捕《つか》まえることができたって訳《わけ》だ」

「そのＡＢＢ41《エービービーフォーティーワン》がこの僕《ぼく》に何《なん》の用《よう》だ!?」

「ふむ、俺《おれ》たちの目当《めあ》てはな――」

アリババはヒゲをポリポリとかきながら、その顔《かお》を騎士《ないと》に近《ちか》づける。

「お前《まえ》さんが日本《にっぽん》に持《も》ってきた空飛《そらと》ぶ絨毯《じゅうたん》だ」

「空飛《そらと》ぶ絨毯《じゅうたん》？」

騎士《ないと》は首《くび》を傾《かし》げる。

「お前《まえ》が勝手《かって》に国《くに》から持《も》ち出《だ》した国宝《こくほう》のことだろが！　まあ、空飛《そらと》ぶ絨毯《じゅうたん》といっても名前《なまえ》だけで、実際《じっさい》には飛《と》びやしねえがな」

「……それはもしかして、『オアシス』で売《う》ろうと、勝手《かって》に倉庫《そうこ》から持《も》ち出《だ》してきたあの絨毯《じゅうたん》かい？」

「その通《とお》り！　あの絨毯《じゅうたん》こそが王位《おうい》の証《あかし》！　あれさえ手《て》に入《い》れりゃ、この俺様《おれさま》が国王《こくおう》だ！」

「あの小汚《こぎたな》い絨毯《じゅうたん》が、そんなに貴重《きちょう》なものだったとは」

「暴夜君《あらびやくん》、もしかして知《し》らなかったの？」

塔子《とうこ》が尋《たず》ねる。

「ぜんぜん」

「とにかく、話《はなし》は分《わ》かったな？　お前《まえ》は逃《に》がしてやるから、空飛《そらと》ぶ絨毯《じゅうたん》を持《も》ってこい。そうすりゃ、このお嬢《じょう》ちゃんも放《はな》してやる」

アリババは騎士《ないと》を引《ひ》き起《お》こし、縛《しば》り上《あ》げていたロープを解《ほど》こうとする。

「待《ま》て」

騎士《ないと》はアリババを止《と》めた。

「僕《ぼく》が人質《ひとじち》に残《のこ》る。塔子《とうこ》さんを解放《かいほう》してくれ」

「ほう、麗《うるわ》しき友情《ゆうじょう》ってやつか？」

アリババは小馬鹿《こばか》にするように眉《まゆ》を動《うご》かす。

「友情《ゆうじょう》ではない！　愛《あい》だ！　ほとばしる崇高《すうこう》な愛《あい》！」

「……恥《は》ずかしいなあ」

塔子《とうこ》は顔《かお》を伏《ふ》せた。

「ま～、いいだろう」

アリババはちょっと考《かんが》えてから頷《うなず》くと、塔子《とうこ》のロープを解《ほど》き、携帯《けいたい》をその手《て》に握《にぎ》らせた。

「これは？」

「小娘《こむすめ》、空飛《そらと》ぶ絨毯《じゅうたん》を手《て》に入《い》れたらこいつで連絡《れんらく》しろ」

アリババは子分《こぶん》に塔子《とうこ》を隠《かく》れ家《が》から連《つ》れ出《だ》すように合図《あいず》する。

「警察《けいさつ》にひと言《こと》でもこのことをしゃべってみろ、こいつの命《いのち》はないぜ」

子分《こぶん》たちは車《くるま》に乗《の》せるため、塔子《とうこ》を抱《かか》え上《あ》げた。

「私《わたし》、どうしていいか分《わ》からなくって。夕星《ゆうずつ》さんを頼《たよ》るしかなかったの」

ふれあい広場《ひろば》でＡＢＢ41《エービービーフォーティーワン》から解放《かいほう》された塔子《とうこ》は、何《なん》とかタクシーを捕《つか》まえると、まっすぐに『ペンギン探偵社《たんていしゃ》』にやってきていた。

「ここに来《き》たのは正解《せいかい》ですよ」

Ｐ《ピー》・Ｐ《ピー》・ジュニアは震《ふる》えている塔子《とうこ》をソファーに座《すわ》らせると、少《すこ》し落《お》ち着《つ》くのを待《ま》ってから名乗《なの》る。

「私《わたし》はＰ《ピー》・Ｐ《ピー》・ジュニア。アリスのしょ〜で、偉大《いだい》なる名探偵《めいたんてい》です」

「連中《れんちゅう》はＡＢＢ41《エービービーフォーティーワン》で間違《まちが》いないんだね？」

と、聞《き》いたのは琉生《るい》。

琉生《るい》とリリカは塔子《とうこ》と騎士《ないと》をデートに送《おく》り出《だ》したあと、探偵社《たんていしゃ》に遊《あそ》びに来《き》ていたのだ。

「そう名乗《なの》ってたわ」

塔子《とうこ》は頷《うなず》く。

「うにゅ、ＡＢＢ41《エービービーフォーティーワン》？　確《たし》か——」

Ｐ《ピー》・Ｐ《ピー》・ジュニアはパソコンの前《まえ》に座《すわ》ると、犯罪者《はんざいしゃ》リストを調《しら》べ始《はじ》める。

「ありました、ABB41盗賊団《エービービーフォーティーワンとうぞくだん》！　国際刑事警察機構《インターポール》の指名手配犯《しめいてはいはん》で、首領《しゅりょう》はアリババ！　半年前《はんとしまえ》に豪華客船《ごうかきゃくせん》シェヘラザードを襲《おそ》って、80億円相当《おくえんそうとう》の貴金属《ききんぞく》を奪《うば》ってますね」

「暴夜君《あらびやくん》は私《わたし》を助《たす》けるために残《のこ》ったの」

塔子《とうこ》は、P《ピー》・P《ピー》・ジュニアの声《こえ》がする方《ほう》に顔《かお》を向《む》けて訴《うった》えた。

「お願《ねが》い、暴夜君《あらびやくん》を助《たす》けて」

「P様《ピーさま》に任《まか》せておけば大丈夫《だいじょうぶ》ですから、安心《あんしん》なさい」

そんな塔子《とうこ》の手《て》をリリカが握《にぎ》る。

「誘拐《ゆうかい》されてから隠《かく》れ家《が》に着《つ》くまで、どこをどう進《すす》んだか、覚《おぼ》えてる？」

琉生《るい》が地図《ちず》を出《だ》してきて質問《しつもん》する。

「ううん、行《い》きは気《き》を失《うしな》ってたから分《わ》からないの。でも帰《かえ》り道《みち》、隠《かく》れ家《が》からふれあい広場《ひろば》までなら少《すこ》しは……」

「だいたいで構《かま》いませんよ。落《お》ち着《つ》いて思《おも》い出《だ》してください」

と、P《ピー》・P《ピー》・ジュニア。

「そうね」

塔子《とうこ》は考《かんが》え込《こ》む。

「ええっと、走《はし》り始《はじ》めてすぐに右折《うせつ》して――」

説明《せつめい》する塔子《とうこ》の言葉《ことば》に従《したが》い、アリスたちは地図《ちず》をたどる。

「わざと遠回《とおまわ》りもしているようだね」

「だいたい、このあたりですか」

琉生《るい》とP《ピー》・P《ピー》・ジュニアは顔《かお》を見合《みあ》わせる。

曲《ま》がった回数《かいすう》とあいまいな進《すす》んだ距離《きょり》からでは、隠《かく》れ家《が》のある場所《ばしょ》を大《たい》して絞《しぼ》り込《こ》むことはできない。

「この中《なか》だとすると、可能性《かのうせい》のある建物《たてもの》は400以上《いじょう》あるね」

琉生《るい》がグルリと指《ゆび》で囲《かこ》った範囲《はんい》は、白瀬市《しらせし》のほぼ3分《ぶん》の1だ。

「ごめんなさい」

塔子《とうこ》はうつむく。

「十分《じゅうぶん》に役《やく》に立《た》ってくれているよ」

琉生《るい》が塔子《とうこ》の肩《かた》に手《て》を置《お》いた。

「他《ほか》に何《なに》か思《おも》い出《だ》せることは？　音《おと》や匂《にお》い、何《なん》でもいいんだけど？」

「ごめんなさい」

塔子《とうこ》は考《かんが》え込《こ》んでいたが、しばらくして首《くび》を横《よこ》に振《ふ》る。

「何《なに》も思《おも》い出《だ》せないの」

「いいんですよ。あなたもひどい目《め》にあってるんですから、無理《むり》はしないでください」

P《ピー》・P《ピー》・ジュニアがなぐさめる。

（こういう時《とき》は——）

アリスはこっそり立《た》ち上《あ》がり、みんなから見《み》えないところまで移動《いどう》した。

「鏡《ミラー》よ、鏡《ミラー》」

アリスの指《ゆび》がポシェットから取《と》り出《だ》した鏡《かがみ》に触《ふ》れた。

「アリス・リドル登場《エンター・アリス・リドル》」
変身《へんしん》したアリスが目指《めざ》したのは、帽子屋《ぼうしや》の道具屋《どうぐや》である。

分《わ》かりやすく説明《せつめい》すると、帽子屋《ぼうしや》が開《ひら》いている道具屋《アイテム・ショップ》だ。

帽子屋《ぼうしや》の店《みせ》に向《む》かうには、まず地面《じめん》を見《み》つけること。

鏡《かがみ》の国《くに》ではたいてい、何《なに》もない空間《くうかん》にプカプカ浮《う》いている感《かん》じのアリスだが、呼《よ》ぼうと思《おも》えば地面《じめん》を呼《よ》ぶことだってできる。

人《ひと》なつっこい鏡《かがみ》の国《くに》の地面《じめん》は、ヒマワリの種《たね》が大好物《だいこうぶつ》。

ヒマワリの種《たね》を見《み》せると寄《よ》ってくるのだ。

(持《も》っててよかったです)

アリスはポシェットからヒマワリの種《たね》を取《と》り出《だ》すと、ポイッと放《ほう》った。

たちまち地面《じめん》はやってきて、アリスの頭《あたま》にゴツンと当《あ》たった。

(いつもながら、不意《ふい》をつかれました)

アリスは涙目《なみだめ》で頭《あたま》をさすって立《た》ち上《あ》がると、森《もり》の中《なか》の細《ほそ》い道《みち》を進《すす》む。

大《おお》きな赤《あか》いキノコのところに矢印《やじるし》の看板《かんばん》が出《で》ていたので、その矢印《やじるし》の逆《ぎゃく》に進《すす》むと、古《ふる》いイギリスの民家風《みんかふう》の建物《たてもの》が現《あらわ》れた。

ドアを開《ひら》き、薄暗《うすぐら》い店内《てんない》に入《はい》ると、カランコロンとチャイムが鳴《な》る。

店《みせ》の奥《おく》のカウンターの上《うえ》には1枚《まい》の紙《かみ》が置《お》いてあって、そこには――。

いらっしゃいませ

と、書《か》いてあった。

アリスはその紙《かみ》に――。

できれば、記憶《きおく》を呼《よ》び起《お》こすアイテムが欲《ほ》しいです

と、書《か》く。するとその紙《かみ》はふっと消《き》えて、古《ふる》いランプのようなものが現《あらわ》れた。

記憶の走馬灯《メモリー・ファンタズマゴリア》
この灯《あかり》を見《み》つめると、大切《たいせつ》な記憶《きおく》がよみがえるよ

記憶の走馬灯《メモリー・ファンタズマゴリア》には、そう書《か》かれた紙《かみ》が添《そ》えてある。

目《め》の見《み》えない人《ひと》にも使《つか》えるのがいいんですが？

アリスは紙《かみ》の余白《よはく》にそう書《か》いた。

だったら、これ

次《つぎ》に現《あらわ》れたのは、きれいな小箱《こばこ》だ。

追想の音箱《メモワール・オルゴール》
この音色《ねいろ》を聞《き》いていると、どんな些細《ささい》な記憶《きおく》でも呼《よ》び覚《さ》ますことができるんだ

助《たす》かります

どういたしまして。じゃあ、スタンプを

アリスはこの店《みせ》のスタンプカードをカウンターに置《お》いた。
一瞬《いっしゅん》、目《め》をそらした間《あいだ》に、カードにはスタンプが押《お》されている。

ありがとう

アリスはオルゴールを手《て》に取《と》った。

「アリス・リドル君《くん》？」
夕星《ゆうずつ》アリスと入《い》れ替《か》わるように現《あらわ》れたアリスの姿《すがた》に、まず琉生《るい》が気《き》がついた。
「事情《じじょう》はアリスから聞《き》きました。椎葉《しば》さん」

アリス・リドルは、オルゴールをテーブルに置《お》いてふたを開《ひら》く。

耳慣《みみな》れない、優《やさ》しいメロディーをオルゴールが奏《かな》でた。

「…………！」

そのメロディーに耳《みみ》を傾《かたむ》けていた塔子《とうこ》はハッとなる。

「途中《とちゅう》で工事《こうじ》の音《おと》が聞《き》こえた！　あと、小《ちい》さい子供《こども》たちの声《こえ》、それに電車《でんしゃ》の音《おと》も！」

「ふれあい広場《ひろば》から、工事現場《こうじげんば》と小学校《しょうがっこう》か幼稚園《ようちえん》の近《ちか》くを通《とお》り……線路《せんろ》に近《ちか》いということは……このあたりでしょうか？」

アリスは指《ゆび》で地図《ちず》をたどる。

「この近辺《きんぺん》で使《つか》われていない、40人以上《にんいじょう》の人間《にんげん》が隠《かく》れられる場所《ばしょ》といえば」

P《ピー》・P《ピー》・ジュニアが指《さ》し示《しめ》したのは、無人《むじん》の廃工場《はいこうじょう》だった。

「なるほど、ここが隠《かく》れ家《が》か」

琉生《るい》は立《た》ち上《あ》がる。

「すぐに助《たす》けに行《い》こう！」

「おっと、その前《まえ》に——」

P《ピー》・P《ピー》・ジュニアがチッチとヒレを振《ふ》って琉生《るい》を止《と》める。

「あれを手《て》に入《い》れないと」

「あれ？」

アリスは首《くび》を傾《かし》げた。


10分後《ぷんご》。

アリスたちはリリカと塔子《とうこ》を探偵社《たんていしゃ》に残《のこ》し、「オアシス」にやってきていた。

空飛《そらと》ぶ絨毯《じゅうたん》を探《さが》すためである。

「絨毯《じゅうたん》がこちらの手《て》にあれば、有利《ゆうり》ですからね～」

P《ピー》・P《ピー》・ジュニアは店《みせ》の奥《おく》へと進《すす》んだが――。

「絨毯《じゅうたん》、結構《けっこう》ありますね」

店《みせ》の奥《おく》には、ホコリだらけの丸《まる》めた絨毯《じゅうたん》が山《やま》ほど立《た》てかけて置《お》いてあった。

「やれやれ、この中《なか》のどれだろう？」

琉生《るい》は頭《あたま》をかく。

「高級《こうきゅう》そうなのですかね～？」

と、Ｐ《ピー》・Ｐ《ピー》・ジュニア。

「ううん」

アリスは首《くび》を横《よこ》に振《ふ》った。

「先祖代々《せんぞだいだい》、王族《おうぞく》の証《あかし》として伝《つた》わっていたなら、一番古《いちばんふる》いものだと思《おも》う」

「そうか、その通《とお》りだよ」

琉生《るい》はそう頷《うなず》くと、色《いろ》あせた絨毯《じゅうたん》を引《ひ》っ張《ぱ》り出《だ》す。

「で、これからどうする、ペンギン君《くん》？」

「アリババは塔子《とうこ》さんからの連絡《れんらく》を待《ま》って油断《ゆだん》しているはず。助《たす》けに行《い》くなら今《いま》でしょう。

塔子《とうこ》さんには、私《わたし》たちが隠《かく》れ家《が》に着《つ》いた頃《ころ》に、アリババに連絡《れんらく》をしてもらいます」

Ｐ《ピー》・Ｐ《ピー》・ジュニアはそう告《つ》げると、ハッサンの背中《せなか》に絨毯《じゅうたん》を乗《の》せた。

「はあ？　ペンギンが絨毯《じゅうたん》を持《も》っていく？　お前《まえ》、ふざけてんのか？」

塔子《とうこ》からの電話《でんわ》に出《で》たアリババが、声《こえ》を荒《あら》らげたちょうどその時《とき》。

「お待《ま》たせ〜」

ハッサンに乗《の》ったP《ピー》・P《ピー》・ジュニアがABB41《エービービーフォーティーワン》の隠《かく》れ家《が》へと乗《の》り込《こ》んできた。

「ほんとにペンギン来《き》た〜っ!!」

アリババはP《ピー》・P《ピー》・ジュニアを見《み》て目《め》を丸《まる》くする。

「この絨毯《じゅうたん》が欲《ほ》しかったんですよね？　絨毯《じゅうたん》あげますから、その人《ひと》を返《かえ》してくださいよ」

P《ピー》・P《ピー》・ジュニアはポンポンと丸《まる》めた絨毯《じゅうたん》をたたく。

「ああ！　俺《おれ》は約束《やくそく》を守《まも》る男《おとこ》だぜ！　……ていうか、何《なん》でペンギンが？」

アリババは自分《じぶん》の目《め》を疑《うたが》いつつも騎士《ないと》を立《た》たせた。

「P《ピー》・P《ピー》・ジュニア、ダメだ！」

と、叫《さけ》ぶ騎士《ないと》。

「おめ〜は黙《だま》れ。……おい、ペンギン、絨毯《じゅうたん》をこっちに」

アリババは騎士《ないと》の頬《ほ》っぺたをむぎゅ〜っと引《ひ》っ張《ぱ》ってから、P《ピー》・P《ピー》・ジュニアに目《め》で合《あい》図《ず》する。

「はいはい〜」

P《ピー》・P《ピー》・ジュニアはハッサンから降《お》りて後《あと》ずさった。

「やった！　これこそ、王家《おうけ》の証《あかし》！　これで王国《おうこく》はこの俺様《おれさま》のものだ！」

アリババはハッサンから絨毯《じゅうたん》を降《お》ろして抱《かか》え上《あ》げる。

「親分《おやぶん》、万歳《ばんざい》〜！」

子分《こぶん》たちも歓声《かんせい》を上《あ》げた。

と、その時《とき》。

もぞもぞ！

アリババの腕《うで》の中《なか》で、絨毯《じゅうたん》が動《うご》いた。

「な、何《なん》だ!?」

アリババが驚《おどろ》く。

「そ〜れ、飛《と》びますよ〜！　王家《おうけ》の呪《のろ》いがかけられた空飛《そらと》ぶ絨毯《じゅうたん》が、みなさんに天罰《てんばつ》を食《く》らわせるんです〜！」

P《ピー》・P《ピー》・ジュニアが両《りょう》ヒレを大《おお》きく広《ひろ》げてそう声《こえ》をかけると、盗賊《とうぞく》たちはあわて始《はじ》めた。

「本当《ほんとう》に空飛《そらと》ぶ絨毯《じゅうたん》だ〜！」

「呪《のろ》われる！　王家《おうけ》の絨毯《じゅうたん》の呪《のろ》いだ〜っ！」

「ひえええぇっ！」

アリババまでもが、気味悪《きみわる》がって絨毯《じゅうたん》を投《な》げ出《だ》す。

絨毯《じゅうたん》は転《ころ》がって広《ひろ》がると、その中《なか》から――。

「アリス・リドル《エンター・アリス・リドル》登場」

アリスが現《あらわ》れた。

アリスは丸《まる》まった絨毯《じゅうたん》の中《なか》に、ずっと隠《かく》れていたのである。

「フラッシュ・ボム！」

アリスがスマートフォンのハート形《がた》のアイコンに触《ふ》れると、アリババに向《む》かって目《め》くらましのまぶしい光《ひかり》が放《はな》たれる。

「くっ！」

アリババがひるむと同時《どうじ》に、裏口《うらぐち》に回《まわ》っていた琉生《るい》が飛《と》び込《こ》んできた。

「『戦車《チャリオット》』！」

琉生《るい》が投《な》げたカードから炎《ほのお》が噴《ふ》き出《だ》し、盗賊《とうぞく》たちの間《あいだ》をかすめるように飛《と》んだ。

「あちゃちゃちゃちゃ〜っ！」

盗賊《とうぞく》たちは思《おも》わず身《み》を伏《ふ》せる。

「ひっかかりましたね！　呪《のろ》いなんてでたらめですよ〜！　そおれ食《く》らいなさい、氷結《ひょうけつ》フリップ・チョ〜ップ！」

「ブヒヒッ！」

あっかんべ〜をしたP《ピー》・P《ピー》・ジュニアがアリババの脳天《のうてん》にヒレを食《く》らわせ、ハッサンが後《うし》ろ足《あし》で蹴《け》っ飛《と》ばした。

「ぐはっ！」

アリババはたまらずにひっくり返《かえ》る。

「動《うご》くな！　でないと弾《たま》が外《はず》れちゃうから！」

リリカが連絡《れんらく》した冬吹《ふぶき》刑事《けいじ》が警官隊《けいかんたい》とともに突入《とつにゅう》してきて、撃《う》つ気満々《きまんまん》で銃《じゅう》を盗賊《とうぞく》たちに向《む》けた。

こうなると、40＋1名《めい》の盗賊《とうぞく》も手《て》も足《あし》も出《で》ない。

「こ〜さんします！」

ABB41《エービービーフォーティーワン》は全員《ぜんいん》、手《て》を上《あ》げた。

「騎士《ないと》！」

「マイ・エンジェル！　と、塔子《とうこ》さんは？」

琉生《るい》が駆《か》け寄《よ》ると、騎士《ないと》は聞《き》いた。

「無事《ぶじ》だよ」

琉生《るい》は騎士《ないと》のロープを解《ほど》きにかかる。

「ありがとう、エンジェル！　きっと来《き》てくれると信《しん》じていたよ！」

「……今度《こんど》エンジェルと呼《よ》んだら、ここに置《お》いていく」

琉生《るい》はさわやかな笑顔《えがお》を浮《う》かべ、ロープを解《ほど》く手《て》を止《と》めた。

「わ～っ！　うそ、お願《ねが》い！　助《たす》けてください！」

騎士《ないと》はあっさりと謝《あやま》る。

「けど、真《ま》っ先《さき》に塔子《とうこ》さんのことを心配《しんぱい》したことには感心《かんしん》するよ」

琉生《るい》はロープを解《ほど》き終《お》わると、騎士《ないと》の肩《かた》をポンとたたいた。

アリスたちが『ペンギン探偵社《たんていしゃ》』に戻《もど》ったのは、夜《よる》になってからのことだった。

「やあやあ、みんな、よくやってくれた！　これで悪《あく》の手《て》から守《まも》られたよ、王国《おうこく》も、この僕《ぼく》もね！」

コーヒーを飲《の》みながらホッとひと息《いき》というところで、ソファーにどっかと座《すわ》った騎士《ないと》がみんなを見回《みまわ》す。

「塔子《とうこ》さんのおかげですよ。お礼《れい》なら、彼女《かのじょ》に言《い》ってあげてください」

P《ピー》・P《ピー》・ジュニアはヒレを塔子《とうこ》の方《ほう》に向《む》けた。

「塔子《とうこ》さん！」

騎士《ないと》は塔子《とうこ》の前《まえ》にひざまずくと、いきなりその手《て》を握《にぎ》る。

「今日《きょう》のデートは失敗《しっぱい》だったけど、この僕《ぼく》とこれからも付《つ》き合《あ》ってくれないか!?」

「……騎士《ないと》、それはお礼《れい》じゃない」

琉生《るい》がこめかみを押《お》さえる。

「ええっと、考《かんが》えさせてほしいかな？」

塔子《とうこ》は答《こた》えた。

「あらあら、それはつまり、付《つ》き合《あ》うのは無理《ごめんなさい》ということですわね？」

腕組《うでぐ》みをしたリリカがふふんと笑《わら》う。

「せっかく塔子《とうこ》さんが遠回《とおまわ》しに言《い》っているのに」

アリスはため息《いき》をついた。

「ど、ど、ど、どうして!? お金《かね》も地位《ちい》もあり、その上《うえ》、容姿端麗《ようしたんれい》！ 非《ひ》の打《う》ち所《どころ》のない僕《ぼく》なのに!?」

「だから、それを自分《じぶん》で言《い》うなって」

琉生《るい》が頭《あたま》を振《ふ》る。

「あまり騒々《そうぞう》しい人《ひと》は、苦手《にがて》かな？」

塔子《とうこ》は理由《りゆう》をそう説明《せつめい》した。

「……僕《ぼく》、騒々《そうぞう》しい？」

「かなり」

塔子《とうこ》は頷《うなず》く。

ついでにまわりの一同《いちどう》も——ハッサンも含《ふく》めて——一斉《いっせい》に頷《うなず》いた。

「…………何《なん》たること」

騎士《ないと》は部屋《へや》の隅《すみ》っこに移動《いどう》すると、みんなに背《せ》を向《む》けて座《すわ》り込《こ》んだ。

「騎士君《ないとくん》、撃沈《げきちん》ですね」

と、P《ピー》・P《ピー》・ジュニア。

「ああなると、ちょっと哀《あわ》れかな？」

琉生《るい》も苦笑《くしょう》する。

しかし。

「……いや！　あきらめるものか！」

数秒後《すうびょうご》、騎士《ないと》はグッとこぶしを握《にぎ》りしめて立《た》ち上《あ》がった。

「僕《ぼく》はいつか、いつかきっと、塔子《とうこ》さんを振《ふ》り向《む》かせるような立派《りっぱ》な王族《おうぞく》になってみせる！」

「立《た》ち直《なお》り、早《はや》すぎです」

アリスは小《ちい》さく肩《かた》をすくめると、温《あたた》かいカフェ・ヴィエンナのカップにそっと口《くち》をつけるのだった。

明日《あした》もがんばれ！ 怪盗赤《かいとうあか》ずきん！ その9

それは、森之奥高校学園祭《もりのおくこうこうがくえんさい》でのこと。

赤《あか》ずきんはP・P《ピーピー》・ジュニアと一緒《いっしょ》に、あちこちの教室《きょうしつ》を見《み》て回《まわ》っていた。

「お化《ば》け屋敷《やしき》は嫌《いや》だって言《い》ったじゃないですか〜っ!」

ホットドッグをかじりながら、P・P《ピーピー》・ジュニアが赤《あか》ずきんに非難《ひなん》の目《め》を向《む》ける。

「しょうがないじゃない、喫茶店《きっさてん》だって思《おも》ったんだもん!
あんなの、お化《ば》け屋敷《やしき》だって思《おも》わないでしょ、普通《ふつう》!?」

と、赤《あか》ずきん。

「うにゅにゅ〜、ダマされましたね。メイド喫茶《きっさ》と見《み》せかけて、冥土喫茶《めいどきっさ》とは」

「うん、カラカサお化《ば》けが水持《みずも》ってくるのって反則《はんそく》だよね。で、次《つぎ》、何見《なにみ》る?」

「演劇部《えんげきぶ》の出《だ》し物《もの》は何《なん》です?」

「ええっと、ロミオとジュリエット……」

「マトモそうですね」

「……対《たい》フランケンシュタイン」

「やめときましょう」

「ね、アリスは何《なに》がいい?」

赤《あか》ずきんは振《ふ》り返《かえ》って尋《たず》ねたが、

そこにアリスの姿《すがた》はなかった。

「あ〜、アリスがいない!」

「アリス、どこです〜!?」

今《いま》さらあせる、赤《あか》ずきんとP・P《ピーピー》・ジュニア。

「やっと気《き》がついたのかよ」

あきれ果《は》てたオオカミも、1羽《わ》とひとりと一緒《いっしょ》になって

アリスを捜《さが》し始《はじ》めるのであった。

予《よ》告《こく》

南《なん》房《ぼう》秀《ひで》久《ひさ》先《せん》生《せい》の新《しん》作《さく》
「天《てん》才《さい》発《はつ》明《めい》家《か》ニコ&《アンド》キャット」が
6月《がつ》30日《にち》ころジュニア文《ぶん》庫《こ》より発《はつ》売《ばい》!

記《き》念《ねん》おまけページ!

著《ちょ》:南《なん》房《ぼう》秀《ひで》久《ひさ》　イラスト:トリル

とっても面《おも》白《しろ》い発《はつ》明《めい》品《ひん》がたくさん出《で》てくる
「天《てん》才《さい》発《はつ》明《めい》家《か》ニコ&《アンド》キャット」。
ししょーのライバルのキャットにも注《ちゅう》目《もく》だよ!

Shogakukan Junior Bunko

★小学館ジュニア文庫★

華麗なる探偵アリス＆ペンギン

アラビアン・デート

2017年５月29日　初版第１刷発行
2021年１月20日　　　第４刷発行

著者／南房秀久
イラスト／あるや

発行人／野村敦司
編集人／今村愛子
編集／山口久美子

発行所／株式会社　小学館
〒101-8001　東京都千代田区一ツ橋２－３－１
電話　編集　03-3230-5105
販売　03-5281-3555

印刷・製本／加藤製版印刷株式会社

デザイン／佐藤千恵＋ベイブリッジ・スタジオ

★本書の無断での複写（コピー）、上演、放送等の二次利用、翻案等は、著作権法上の例外を除き禁じられています。本書の電子データ化などの無断複製は著作権法上の例外を除き禁じられています。代行業者等の第三者による本書の電子的複製も認められておりません。
★造本には十分注意しておりますが、印刷、製本など製造上の不備がございましたら、「制作局コールセンター」（フリーダイヤル0120-336-340）にご連絡ください。
（電話受付は土・日・祝休日を除く9:30～17:30）

©Hidehisa Nambou 2017　©Aruya 2017
Printed in Japan　　ISBN 978-4-09-231164-0